あかねさす

新古今恋物語

加藤千恵

河出書房新社

あかねさす　目次

あかねさす

新古今恋物語

第一話　あの人を待つこともなく

巻第一　春歌上　54

ひとりのみながめて散りぬ梅《むめ》の花知るばかりなる人は問ひ来《こ》ず

八条院高倉《はちじょういんのたかくら》

［訳］ひとりぼっちで眺めているうちに、梅の花は散ってしまった。この花の色香の趣を理解し味わってくれるような人は訪ねて来ないままで。

菊川《きくかわ》さんの存在は、わたしの知らないものばかりで構成されている。訪れたことのない場所、聴いたことのない音楽、読んだことのない本、見たことのない映画、口にしたことのない食べ物。わたしたちは年齢がひとまわり離れているけれど、それだけではない何か、密度の差が、確かにあるのを感じる。

短歌の中で、花、とだけ書かれている場合、桜を意味するというのは平安時代中頃からの話だ。それ以前は、花といえば梅を意味していた。

梅が愛されていた花であることをあらわす証拠の一つに、別名の多さがある。春告草《はるつげぐさ》、匂草《においぐさ》、風待草《かぜまちぐさ》、好文木《こうぶんぼく》などなど。

それらの話はもちろん彼から聞いたものだ。菊川さんは博識で、いつもたくさんのことを教えてくれる。この前会ったとき彼は、ひとしきり話したあとで、来週あたり一緒に梅を見に行こう、と提案をした。どこか得意気な表情で、わたしをじっと見つめながら。何千本もの梅の木が、綺麗に咲き誇っているのを見ると、桜を見るときよりも春の訪れを実感するのだという。

わたしは頷《うなず》いた。彼の提案を断る理由はなかった。実際、わたしが彼の提案を断ったことなんて、一度たりともないし、これからだってきっとないだろうと思う。彼が教えてくれることに的確な相槌《あいづち》や質問を挟み、彼が提案することに頷く。それがわたしの役目なのだ。きっと。

　彼が言う、何千本もの梅の木が咲き誇る公園は、わたしの行ったことのない場所だった。彼は数年前までは、毎年のように訪れていたそうだ。それから彼は、公園の近くにある、おいしいお寿司屋についても教えてくれた。今度は身振り手振りまでまじえながら。そこでは醤油《しょうゆ》は使わずに、炒《い》り酒という調味料でお寿司を食べるのだという。炙《あぶ》ったうにや、粉唐辛子《こなとうがらし》が混ぜられているといういくらの軍艦巻の話は、聞いているだけでおいしさが伝わってきた。梅を見たあとは、そこのお寿司を食べに行こうという提案にも、わたしはもちろん勢いよく頷いた。

　梅を見に行く約束をしてから何度か、菊川さんから電話をもらった。いつも短いものだった。相変わらず忙しい様子なのが、電話越しからも充分すぎるほど伝わってきた。梅の話は出なかったので、わたしからもしなかった。電話はきまって、彼の、また連絡する、という言葉で締《し》められた。

　言葉どおり彼は、何度か連絡をくれたものの、お互いの生存確認のためのようなものだった。わたしは一人のときに、梅のことを思い出したり考えたりしていたので、彼から電話があるたびに、頭の片隅《かたすみ》にそれを思い浮かべていたけれど、彼の口からは梅という単語も寿司という単語も出てくることはなく、仕事とか連絡とか、スケジュール帳に書かれそうな言葉ばかりが繰り返された。

会いたい、と彼は何度か言ったけれど、誰かに言わされているみたいに聞こえた。出会った頃からそうであるように、彼の恋人はあくまでも仕事や忙しさであって、その合間を塗《ぬ》りつぶすための存在として、わたしがいるのではないかと思えるのだった。ハンバーグのつなぎみたいな。わたしは肉ではなく、パン粉だった。

梅のことはなるべく考えないようにした。考えると悲しくなってしまうからだ。悲しくなってしまったり、やるせなくなってしまうことを避けたかった。そんな自分になるのはいやだったし、なにより、そんなわたしを彼は厭《いと》うに決まっているとわかっていたからだ。

春告草や風待草といった別名を忘れ、テレビのグルメ番組でお寿司が紹介されても思い出さないようになった。それでもわたしは彼からの連絡を、待たないようにしながら待っていた。梅を見に行きたいと思っていた気持ちは薄れたけれど、彼に会いたい気持ちは強まっていった。けれどそれも無理矢理忘れたり考えないようにしていた。

一人で部屋にいると、携帯電話ばかり気にしてしまうので、休みの日は少し遠くまで散歩するようにした。暦《こよみ》の上では春を迎えていたけれど、風はまだ冷たくて、ぐるぐると巻いた淡いグリーンのマフラーで、口元を隠した。

歩きながら、何かを考えてしまうことが怖かったので、周囲をしっかりと見るようにした。咲いている花。建っている家。歩いている人。

よく、犬を連れている人とすれ違った。白い犬や、茶色い犬。犬の種類はわからないのがほとんどだった。わたしは何も知らないのだな、とあらためて思った。わたしはからっぽで、パン粉だった。

そんなふうに歩いてどんな景色を見ても、毎日仕事をこなしていても、ごはんを食べていても、わたしは自分が何で構成されているのか、よくわからなかった。ただ時々生まれる自分の強い気持ちは、たいてい菊川さんにまつわるものばかりで、けれどそれは押しとどめたい類《たぐい》のものだった。押しとどめて、忘れて、どこかにやってしまいたいものばかりだった。悲しくならないように必死に頑張って、なんとか悲しくならずにいることを、悲しいと思った。


わたしと菊川さんが会わなくても、季節は動く。

淡いグリーンのマフラーを必要としなくなってからも、わたしは散歩を続けていた。顔見知りの犬も増えたけれど、彼からの連絡は、相変わらずたまに短い電話がかかってくるくらいだった。

いつもよりも少し長く歩くと、公園があらわれた。初めて来る場所だ。わかば公園という名前が付いているものの、遊具はほとんどなくて、人もいなかった。白く塗られた表面がはげ、本来の木の色がむき出しになっているベンチに座ると、ジーンズ越しに、おしりがひんやりとした。

公園の奥には、一本の大きな木があった。梅だった。

入り口に立った時点で気づいていたけれど、ベンチに座り、改めてそれを確認すると、じわじわと悲しくなってきた。木の根元には、数え切れないほどの白い花びらが落ちていた。もう、梅の花はほとんど散っているのだ。わたしはますます悲しくなりながら、少しだけ残っている花を探した。白く可愛らしい梅の花。

ポケットに入れていた携帯電話を取り出した。着信はなかった。このタイミングで電話がかかってきたらいいなと思ったけれど、鳴り出す気配はいっさいなかった。

なんとなく、こっちからかけてもいいんじゃないかな、と思った。菊川さんに電話をかけて、一緒にここで、わずかに残った梅を見ることは、たやすくできるような気がした。けれどわたしの指は動かない。そういえば今まで、わたしから菊川さんに電話をかけたことなんて、なかったかもしれない。わたしは電話をまたしまう。

とても静かだ。どこか遠くで、子どもが話している声がする。車の音も全然聞こえない。わたしは梅を見つめる。

菊川さんの言葉を、頭の中で甦《よみがえ》らせようとする。匂草。彼の話していた、梅の別名の一つを思い出し、わたしは鼻を動かしてみた。あまり匂いはせず、よくわからない。わたしは梅の花の匂いがどんなものであるのかを知らないことに気づく。梅の実とはきっと違うものなのだろう。落ちた花びらを拾って確認することはためらわれた。

わたしは菊川さんと違って、何も知らない。

けれど彼も今、わたしがこんなところで、こんなことを考えているとは知らない。多分、さして興味もないだろう。あんなに賢い彼が、わたしの抱く思いに気づかないのは、わからないのではなく、きっと知ろうとしていないからだ。もっと知りたいことや知らなければいけないことが、彼の周囲を取り巻いているのだろう。

帰ったらまた、彼の電話を待ってしまいそうな自分がいやだった。次に彼に会ったら、彼はきっと梅のことは忘れて、何か違う別の話をするだろう。わたしが知らないことを彼は語り、わたしはそれに驚いたりするだろう。彼が提案することに、わたしは喜んで頷くだろう。

お寿司食べたかったな、と思うわたしの目の前で、また梅の花が一つ落ちた。音も立てずに。

あの人を待つこともなく梅は散る　何も知らないわたしの前で

❁ 第二話 ❁ 願っても桜は散ったし

巻第三　夏歌　176

惜しめどもとまらぬ春もあるものをいはぬにきたる夏衣かな

素性法師《そせいほうし》

［訳］名残を惜しんでも去ってしまう春がある一方、来てほしいとは言っていないのに夏が来て、夏衣を着ている。

規定のスカート丈《たけ》が明らかに長すぎるのも、上履《うわば》きのかかとを踏んだくらいで注意されるのも、テニス部の後輩に生意気な子が多いのも、体育館の暖房の効《き》きが悪いのも、なんだか不当な、見知らぬ誰かに差別されているような気がしていた。

あまりおいしくない給食や、キーキーと音が鳴る古い椅子《いす》や、音程が取りにくい校歌に、みんなでやたらとケチをつけていた。

でも、冬休みが明けて、卒業式の練習とかが時間割に組み込まれるようになってきて、どんな科目も教科書は全部終わって入試のための授業をするようになってきて、クラス中にも、学校中にも、卒業の空気が充満するようになって、風景の色が変わってきた。

味が濃い中華サラダも、白の二本線が入っただささすぎる赤のジャージも、もう自分たちから遠いものになってしまうんだと思ったら、今まで覚えていた怒りとか倦怠感《けんたいかん》とかは薄れて、むしろ愛《いと》しさやせつなさがこみあげてきていた。

卒業って単語の重さが、ずーんって変わって、誰かの口からその単語が飛び出すたびに、みんながそれぞれに意味を噛《か》みしめるようになった感じがした。

卒業式までの日々も、卒業式当日も、それまでより、うんと速い時間の流れ方をした。

校長先生の話も、いつもよりちゃんと聞いたし、あんなに校歌を真面目《まじめ》に歌ったのも、最初で最後だった。紙で作られた花がいたるところに飾られていて、あたしたちの卒業をえてるのも同じようになるのかな。後で考えたら、なんであたしあんなに南中のことばっかり思ってたのかなー、バカみたい、ってなったり、そもそも南中のことばっかり思ってたことすら忘れるのかな。さっさと高校に慣れて、そうなっちゃいたい気もするけど、絶対そうなりたくないような、そしてそんなふうになることはありえないような気も、する。

中学を卒業するんだなあっていうのが現実味を帯《お》びてきたのは、冬休みが明けてからくらいのことで、それまであたしは、中学校が楽しいとか、このクラスが最高とか、そんなことは全然思わずに、ただ毎日をダラダラと過ごしているだけだった。高校生になったらこういうことをしたいとか、たまに友だち同士で話してたけど、どこか遠い、夢の話みたいな感じで、タレントとかドラマの話をしてるときと、全然違いがなかった。

幸せなときというのは、過ぎてから気づくものなんだ。

国語の先生が、あるときそう言っていた。多分、授業で出てきた物語の内容に絡《から》めての言葉だったんだと思うけど、よく覚えてない。そのときは大して気にもとめていなかった言葉が、最近のあたしにとっては、響き、胸を打つ。

実際、中学にいたときは、幸せに気づくことなんてなくて、不満を抱いてばかりだったのだ。

友だちができないというわけじゃない。あたしは勉強は出来ないけど、そこまで大きなヘマはしない。一緒にお昼ごはんを食べるくらいの友だちなら、とっくにキープ済みだ。クラスでもそこそこ可愛い子たちを選んで仲良くなった。仲良くなったふりをするのに成功した、とか言うべきなのかな。多分誰かがあたしを見たら、高校生活を楽しんでるんだろうなー、って思うんだろうと思う。あたしはよく笑ってるし、少なくともイジメられたりもしてないし。

けど、あーやっぱりこの子たちは違うんだなー、って、ついつい比べたり思ったりしちゃう。同じような話をしてても、笑うツボとかタイミングとか違うし、休みの日に遊びに行こうって話にもならない。メールも必要があればするくらいだし、とりあえず一緒に過ごしてるって感じが拭《ぬぐ》えない。

授業中や、家に帰ってから、気づくとあたしは、数ヶ月前までいた空間、大町南中学三年一組のことを考えている。サッカー部の先輩に片想いしてたとき、先輩のことが頭から離れなかった。お風呂に入っていてもごはんを食べていても、頭の片隅《かたすみ》のどこかには先輩のことがこびりついていた。そのときとちょっとだけ似ている。

先輩のことを全然好きじゃなくなってからは、あんなふうになっていた自分のことを不思議に思うし、なんかちょっと信じられない気がしちゃうけど、今、南中のことばかり考夏になりそう。

今の自分の状態を四字熟語で表すなら、と誰かに訊《たず》ねられたなら、あたしは間違いなく、最低最悪、と答えるつもりだ。だけど誰もそんな質問をしてくる人はいないし、そもそもこれって四字熟語なのかもよくわからない。何にしても、最低最悪の日々だ。

言い過ぎかなあとは自分でも思うけど。アフリカのどっかの国の貧しい子どもとか、最愛の夫を亡くした妻とか、そういう人たちの前で、最低最悪とか言ってたら怒られるんだろうけど。でもやっぱり、最低最悪、とか思わずにいられないし、一人のときにはこっそりつぶやいてみたりもする。

半年前に戻りたい。っていうか、半年じゃなくて、三ヶ月前でもいいや。卒業式前でありさえすればいい。大町南中学三年一組に戻りたい。トモと麻里香《まりか》とふくぴーと、バカな話してすんごい笑ってたい。むかつく男子とかいるけど、あいつらさえなんだか懐《なつ》かしい。ホームシック、じゃないけど、なんかそんな感じだ。今、中学時代に戻らせてもらえるっていうなら、松井先生の数学の授業でさえちゃんと受けると思う。すなわち、って何回言うか律儀《りちぎ》にカウントしてメモるとか、もうしない。なんだったら学年十位目指す。

南中から同じ高校に来た子は何人かいるし、同じクラスにだって二人いる。でも、もともとそんなに仲のいい子たちじゃないし、そんなに話すことも思いつかない。

祝っていたけど、祝われるものじゃないって思った。あたしはこんなにも、ここに残っていたいと思っているのに、卒業させられてしまう。キーキーと鳴る椅子が、黒板が、教室が、靴箱が、他の誰かのものになってしまう。

また会えるよねって会話が、あらゆるところで交《か》わされていて、それは本当だけど、嘘になるかもしれないって思った。こんなふうに毎日会っていた頃とは、明らかに何かが変わってしまう。絶対に。

たった一枚の卒業証書に封じ込められてしまった日々を、あたしはたくさんたくさん思い起こしていた。ひたすら泣きつづけるふくぴーにもらい泣きさせられながら、今、目に映っているすべてのものを記憶していたいと、本気で思っていたのだ。

「もう五月も終わりなんだねー。早すぎだよね」

友だちが言い、別の友だちが、ほんとだね、と相づちを打つ。あたしもなんとなく会話に混《ま》ざりながら、こんなとき、トモと麻里香とふくぴーだったら、どういうことを言うんだろうな、なんて思う。実際あたしは、お弁当を食べながらいつも、そんなことばかり思っているのだ。どこかで男子が、うるっせーなお前はよー、と騒がしく、楽しそうに、乱暴な声をあげている。

お母さんの作った、少しだけ甘い卵焼きを噛む。お弁当にはいつも卵焼きが入っている。今日はほうれん草入りだ。高校に入って、給食じゃなくて、お弁当を食べられるようになったのは絶対にいいことなんだけど、それすら喜べていないあたしがいる。

「明日から夏服準備期間って言ってたよね。忘れそうー」

友だちが言って、あたしは既《すで》にそのことを忘れていたのに気づいた。朝のホームルームで聞いたばっかりなのに。ケータイにメモしようと思って、画面を開くと、いつのまにかメールが届いていた。麻里香からだ。思わず口元がゆるみそうになるのを抑《おさ》えながら、急いでチェックする。

《次の日曜に集まるって話なんだけど、トモとふくぴーがテニス部の練習入っちゃってNGだって》

今度はため息がこぼれそうになるのをこらえる。泣いている絵文字が入っているけど、本当に泣きそうなのは、麻里香よりもあたしのほうに間違いない。麻里香は、高校に入ってすぐ、彼氏ができたと嬉しそうに電話をくれた。

最低最悪。

あたしの頭の中を、いつもの四文字が通り過ぎる。

トモとふくぴーは、同じ女子高に進学して、同じテニス部に入ったらしい。二人は中学時代も、適当に部活をやってるあたしとは違い、熱心に練習していた。高校でも頑張るつもりなのだろう。

返信画面を開いたけど、打つ言葉が出てこない。次の授業中に返すことにして、今度はメモ画面を開く。夏服準備、と打ち込んだ。

幸せなときというのは、過ぎてから気づくものなんだ。

また通り過ぎた言葉を打ち消したくて、夏服ほんと忘れそうだから、一応メモっといたー、と明るく言葉を発した。メモったことも忘れそうだよね、とトモだったら突《つ》っ込《こ》みを入れてきそうな言葉だけど、今ここにいるみんなは、あたしもそうしようかなー、と柔らかく受け入れるだけだった。

夏服を着たあたしは、大町南中学から、さらに遠ざかってしまうのだろうなと思った。今こうやってお弁当を食べてるときですら、教室の時計の針《はり》は進んで、時間がどんどん流れていって、あたしにはそれを、どうすることもできない。

仕方なく半袖を着る　願っても桜は散ったし夏になるから

❁ 第三話 ❁ 触れた熱さがいとおしい

巻第四　秋歌上　325

わくらばに天の川波よるながら明くる空には任せずもがな

女御徽子女王《にょうごきしじょおう》［斎宮女御《いつきのみやにょうご》］

［訳］ようやく二つの星が会えるという、天の川の波が寄るようなこんな日は、ずっと夜のままで、空が明けるのにはまかせておかないでほしい。

蒔絵《まきえ》は、自分は恋愛に対してクールすぎるほどだと感じていた。実際、周囲の彼女に対するイメージもそう違わなかった。だから、降りたことのない駅で初めて降りて、改札口の外に待っている恋人の康平《こうへい》を発見し、思わず笑ってしまうほど嬉《うれ》しくなっている自分に気づいたとき、とても驚いた。康平にしてもそんな彼女を見るのは初めてだったようで、何かいいことでもあったの、と、自分と彼女の喜びはさも無関係であるかのように訊《たず》ねるのだった。久しぶりだね、という挨拶《あいさつ》は、二言目になった。

康平と蒔絵が会うのは、約二ヶ月ぶりのことだった。それはすなわち、康平がこの街で暮らしだしてから、約二ヶ月が経《た》つということだ。

転勤が決まったことを、康平から知らされたとき、蒔絵はそんなに動揺したりはしなかった。もともと転勤のありうる職場だとは知っていた。そろそろ転勤かもしれないなあ、ということは何度か彼の口から聞かされていた。ついに来たか、という感じだった。

ところが、そんなふうに言っていた彼自身は、思いのほか戸惑《とまど》っているようだった。二人くらいの同期を除いては、知り合いもいない場所だというので無理もないが、海を渡るわけでもないし、特急電車で二時間半ほどの場所だ。やっていけるかなあ、と繰り返す康平の姿に蒔絵は、転校する女子中学生でもあるまいし、と少しだけ冷ややかな気持ちになっていた。

彼に対してそうした気持ちを抱くのは、よくあることでもあった。康平は蒔絵の二つ年下なのだが、もっと幼さを感じることがある。自分が三十五歳であることも信じられないが、康平が三十三歳であることは、さらに不思議な気持ちになる。犬は生まれて一年で人間の七歳くらいになるというけれど、そんなふうに、男女の年の数え方も本当は異なるのではないかと蒔絵は思っている。

ただ、二ヶ月ぶりに会う康平は、なんだかいつもと違った。もう立派な大人に向かって、大人びたというのは間違っているが、そんな感じだった。

外に出ると、東京よりも温度が低いことを蒔絵は実感した。実際には降っていないものの、いつ雨が落ちても不思議ではない空の色だ。注意して見ないとわからないようなゆるやかな速度で、重たい雲が移動している。駅前に停《と》めてあった、康平が用意してくれたレンタカーに乗り込んだ。康平の運転する車に乗るのはいつ以来だろう、と記憶を引っ張り出そうとしたけれど、すぐにはわからなかった。どこかに旅行したときであるのは間違いないものの。

ハンドルを操作する康平の横顔は、以前よりもほんの少し、あごのラインが引き締《し》まったように見える。

「結構遠かっただろ。乗り換えもあるし」

「ううん、わりと近く感じた。本を読んでたし」

「ならよかった」

康平はいつも詳しいこと（この場合だと本のタイトルや内容といったこと）は聞いてこない。自分のテリトリー外だと思っているからだ。蒔絵はそれは康平の美点であると思っていたし、自分もそうしてきたつもりだった。付き合ってからの五年間ずっと。だからこそ、五年間続いてきたのだともいえる。

「城は見たい？」

「どっちでもいい。見たほうがいい？」

「どうだろうな。黒いよ」

「黒いの？」

「いや、もちろん真っ黒ってわけじゃないけどね。ガイドブックとか、何も見てこなかったんだな」

非難ではなく、愛情をこめた感じで康平は言った。いつもと立場が逆転してしまっているみたい、と蒔絵は思った。今までは母と息子のようだったが、今日は父と娘のようだ。わたしが完全な訪問者だからだろうか、とさらに思う。

結局、今日泊まる予定となっている旅館に早めに入ることにして、城は外からだけ見た。

そびえ立つ城は、荘厳《そうごん》な雰囲気をたたえていて、見つけたときには蒔絵は思わず、わぁ、見えるね、と言った。そこまで黒くはないんだな、とも思いつつ。

「子どもみたいだな」

声をあげた蒔絵に対して、康平はそう言った。蒔絵は恥ずかしさをおぼえた。

実は直前まで、蒔絵は今日来るかどうかを迷っていた。もうこのまま会わなくなってしまっても、自分の生活にも彼の生活にも何ら変化はないのだという気がしていた。だからこそ、駅で康平を見つけたときに嬉しくなった自分に、とても驚いたのだ。胸中でどんな変化が起きたのか、自分自身にもわからなかった。

ただ、ここに向かう電車の中で、蒔絵は康平のことばかり考えていた。彼に言ったとおり、本を読んでいたというのも嘘ではないけれど（ちなみに読んでいたのは、好きな推理作家の新作で、さびれたホテルで殺人事件が起きる話だった）、彼に最後に会ったときのことや、これから会ったときの会話を回想したり想像したりしていた。今までのように、二人とも東京にいて、一週間か二週間に一度くらい会っていた頃には、けっして起こらないような心の動きだった。

城を見てから、すぐ近くにある、国の重要文化財に指定されているという建物も、やはり外から見学した。そうしているうちに、旅館がチェックインできる時刻になったので、そのままレンタカーで向かった。

旅館は温泉も付いているということを聞かされていたため、なんとなく郊外であるイメージがあったので、駅からすぐ近くであるのを知り、蒔絵は意外に思った。旅館を調べるのも、予約するのも、康平がやってくれていた。今まで二人で旅行するときには、いつもそうした計画を立てたり、準備をするのは蒔絵の分担だったので、そこにも新鮮な印象を受けた。食事の前に、一旦《いったん》大浴場に向かうことにした。

「源泉かけ流しなんだよ、ここ」

部屋に入って、案内してくれた仲居さんが出ていくなり、まるで自分の功績であるかのように、康平は得意げに言った。二人でこんなふうに旅館に泊まるのは、いつ以来のことだろうか、と蒔絵は車に乗り込んだときと同様に考えていた。今日は旅館ではなく、康平の部屋でも構わないと伝えていたのだが、彼が今住んでいる社宅は古いアパートで壁も薄く、話し声も聞こえてしまうということだったので、外で揃《そろ》って泊まることにしたのだ。

彼の部屋には、明日蒔絵が東京に戻る前に立ち寄ることになっている。

大浴場はすいていた。蒔絵以外には、二人の中年女性が入っているだけだった。温泉は三つあり、一つは露天風呂だった。

食事は外に出かけることになっているため、髪を洗ったりはせず、ざっと湯船に浸《つ》かるだけにしたけれど、それでも疲れがほぐれてお湯に溶《と》けていくようだった。康平が得意げであったのが、なんとなく理解できた。

部屋で少しくつろいでから、夕食をとるために近くの蕎麦屋《そばや》に向かった。出し巻き玉子や天ぷらを肴《さかな》に、二人で地酒を飲んだ。初めてではないかというくらい、二人はよく話した。お互いにそれぞれのことについて質問や報告を繰り返し、相手の話に相槌《あいづち》や笑いを挟んだ。

康平は、新しい職場は、面倒な上司が一人いることを除いては、なかなかいい環境であることを話した。東京でも一人暮らしであったのに、一切といっていいほどしなかった家事《かじ》を、少しずつやるようになったという。蒔絵は驚いた。実際、東京で洗濯物や空き缶を溜めこんでいるような彼しか知らずにいたからだ。今日は驚かされてばかりだ、と蒔絵は思った。まるで別の人と会っているみたいだ、とも。ただそれは言葉にしなかった。

名物である十割そばは歯ごたえがあり、口の中で香り立った。蒔絵が、おいしい、と言うと、うまいだろ、と康平が言う。温泉のことを伝えるときと同じ、得意げな様子だった。

「来てくれてよかったよ。会いたかった」

食事を終える頃になって、康平はそう言った。蒔絵はその言葉に、何度も繰り返される驚きの中で、今日一番の驚きをおぼえた。彼が自分に、会いたかったと言うなんて、明らかに初めてのことだ。

それでも、自然と言葉が自分の口からもこぼれた。

「わたしも。会いたかった」

直前まで来るかどうかを悩んでいたのを嘘のように感じるほど、今は本当に、心からそう思えていた。久しぶりに会う彼と向かい合い、さまざまな話をするうちに、自分は康平にずっとずっと会いたかったのだという気がしていた。

旅館に戻り、入浴を済ませてから、部屋でまた少し二人でお酒を飲んだ。夜もふけてから、並んで敷《し》かれた二つの布団のうち、一つに一緒に入った。

康平が部屋の明かりを豆電球だけにする。蒔絵は康平の体に触れた。やはり以前よりも少し引き締まっているようだった。お酒のせいか、体が熱い。息からもうっすらとアルコールの匂いがする。

「来てくれてありがとう」

康平が小さな声で言った。蒔絵もまた、ありがとう、と言った。

蒔絵は自分が、帰りたくない、と思っていることに気づいた。そしてまた康平も、離れたくない、と思っていることがわかった。クールな恋愛をしているように感じていたけれど、自分たちの中には、まだまだ熱く深い気持ちが横たわっているのだと初めて意識した。

それは確かに、ここまで来なければ、ずっと知ることのできないものだった。蒔絵は、コントロールできない思いに戸惑うと同時に、喜びを感じていた。

久しぶりに触れた熱さがいとおしい　今は夜明けを寂《さび》しく思う

❁ 第四話 ❁ 何かが不足している

巻第四 秋歌上 361

さびしさはその色としもなかりけり真木《まき》立つ山の秋の夕暮れ

寂蓮法師《じゃくれんほうし》

[訳] 特に何がどう寂《さび》しいというわけではないけれど、寂しさを感じてしまう。まっすぐに佇《たたず》んでいる真木（杉や檜《ひのき》）の山が黒ずんでいく、秋の夕暮れ。

十月二十四日（月）曇り

先週に比べて、気温がいきなり下がり、冷え込んだので驚いた。

朝、布団から出るのが本当につらかった。だからといって会社を休むわけにはいかないし、仕方ない。大学時代は寒さを理由によく自主休講していたなー、ともうだいぶ昔のことを思った。どのくらい昔か数えてみたら、もう十年近く前だった。衝撃！

いつのまにか大人になってるものなんだな。実感はないけど。

昼休み、石田さんから彼氏の話を聞かされる。悩み相談なのかノロケなのか愚痴《ぐち》なのかよくわからない。何にしても、彼氏がいるだけいいんじゃないかなと思ったけど、おとなしく聞く。わたしは占い師でもカウンセラーでもないんだけど。そんなにめんどくさいなら別れればいいのに、とは言えない小心者だ。

夜は昨日作っておいた野菜スープをごはんにかけて食べた。いかにも一人ごはんって感じがしたけど、実はこういうのは嫌いじゃないかも。何より楽だし。

遅くに電話がかかってきて、しばらく連絡のないお母さんからかと思って身構えたら、優子から週末に飲もうという誘いだった。楽しみ。

十月二十五日（火）曇りのち雨

昨日より少しあたたかかったので、コートを薄手のものに戻したら、帰る頃には雨が降っていて肌寒かった。最悪だ。

会社でもイヤな出来事。業績が全体的に低調とのことで、反省と対策を提出させられる。しかも全員。中学生の学級会じゃないんだから。こんなことやる分のエネルギーで、もっと別のことに時間を割《さ》いたほうがいいと思うんだけど。全員がそう思っているはずなのに、誰も何も言い出せない。本当にくだらない。無意味だ。

長めのお風呂に入って、前に誰かにもらったアロマオイルを使ってマッサージしたら、少しだけスッキリした。ビールを飲みながら、この日記を書いている。

今の会社に転職してから、五年が経《た》つ。人間関係もそこまで悪いわけじゃないし（課長の無能さには腹が立つけど！）、少なくてもボーナスもちゃんと出ているし、仕事内容も嫌いじゃない。

ただ、いつまで続くんだろうな、なんて考えてしまうことはよくある。こんな毎日がずっと続くなんて信じられないけど、まるで違う毎日になることは、もっと信じられない。

学生時代には、次の目標がなんとなく見えていた。定期テストや卒業や進学や内定。働き出してしばらくしてからは、転職が目標になってた。そして今は、何もない。

目標があればいいってもんじゃないだろうし、なくてもそれなりに過ごせているのは、むしろ幸せなことなのかもしれない。
よくわかんないな。自分がどうしたいのか。どうしたくないのか。結局同じところをグルグル回っているだけの気がする。眠たくなってきたし、このへんでやめておく。

十月二十六日（水）曇り
石田さんと、昨日のことについて愚痴りあってスッキリした。「学級会かって話ですよね」と石田さんも言っていた。やっぱりみんな同じことを思っているんだな。昨日できなかった分の仕事があったものの、逆にはかどった気がする。少しくらい追い込まれたほうが、力が出るのかもしれないと思った。もっとも、こんな状況が毎日だったら絶対にいやだけど。
にしても、おもしろいテレビもないし、水曜日が一番嫌い。一年は年々早くなるのに、一週間は長く感じる。今の楽しみは、週末に優子と飲むことくらいだ。

十月二十七日（木）晴れのち曇り
晴れているけれど、ものすごく寒い。明日は雨らしいし。
ついにお母さんから電話。そろそろだろうなー、と思っていたけれど、実際にかかってくるとやっぱりしんどい。

話すことは相変わらずだ。わたしの結婚のこと、仕事のこと、義姉との折り合いの悪さ、わたしが知らないような近所の人や親戚《しんせき》の人のこと。相槌《あいづち》を打っているだけでも疲れてしまう。

年末はいつ帰ってくるの、としつこい。まだわからないのだと、何回繰り返させれば気が済むのだろう。

三十分ほどの電話だったけれど、一日仕事をしたのと同じくらいの疲れを感じる。もうこれで、またしばらくはかかってこないだろうということだけがプラス材料だ。

お母さんがわたしに向ける好意は、好意というよりもむしろ呪いのように感じてしまう。最近は、わたしが結婚しないものと決めつけたような話し方をする。別にそう決めているわけではないのに。こうして思い出して書いているだけでもウンザリする。かといって、そんなにひどい態度も取れない。一時期ウツのようになっていたお母さんが、わたしのせいで再び、なんて想像したくもない。

やたらと仕事の調子も聞かれるけれど、パート経験しかないお母さんに話したところで、何がわかるっていうんだろう。見積書やプレゼン会議について話したって、何かが伝わるとは思えない。

義姉はよく頑張っていると思う。あの人のことを、そんなに好きだとは思わないけれど、お母さんのような姑の近所に住んで、きっとろくに話も聞いてくれないお兄ちゃんのような夫と一緒に暮らしていくなんて、わたしには絶対に無理。こんなふうに思っているうちは、結婚なんてできないかもしれない。
どんどん一人に慣れていくし、一人が楽になっている。これは、いいことなのかなあ。もうさっさと眠ってしまいたいけど、お母さんに言われたささいなことがモヤモヤしちゃいそうだ。とりあえずコンビニにビールかなんか買いに行こう。あー、ほんとにウンザリ。

十月二十八日（金）雨
昨日は結局遅くまで眠れなかった。寝不足気味で出社。午前の会議は眠くて死にそうだった。お昼休みに少しだけ眠った。デスクの痕が頬《ほお》についてなかなか取れず、恥ずかしかった。
二時間ほど残業。自分の仕事ではなく、新人の宮川さんを手伝ってのことだ。自分も転職したての頃はよく助けてもらったし、予定のない日だし構わなかったのだけれど、彼はやたらと恐縮していた。自分が妙に歳をとったように感じる。

天気は一日、予報どおりの雨で、ものすごく寒く、夜は特に冷え込んでいた。もう冬という感じだ。ストールは正解だった。

帰りの電車がいつもより混んでいて、座れなかった。そのうえ女子高生が騒がしくてイライラしてしまった。こんなところでイライラするなんて小さいなー、わたし。

今日はものすごく寒いし、シャワーじゃなくお風呂をわかそうと思う。ごはんはさっき、駅前のカフェで食べ終えたところ。遅くまでやっているので助かる。コンビニのじゃない、ちゃんとしたごはんを食べたい気分だったから。グリーンカレー、おいしかった。

十月三十日（日）晴れ
どこから書けばいいんだろう。まず、昨日。昨日は飲み会だった。優子おすすめの中華料理屋。水餃子がプリプリでおいしかった。
お互いの仕事の話や、共通の友だちの話などで盛り上がった。やっぱり共通項が多いのはすごく楽だと思った。話がすぐに通じる。
優子は雑誌のお見合いパーティーに参加しようか迷っているらしい。もう知り合いも結婚してる人が多いし、自分の手駒《てごま》がなくなったって言ってた。優子があせっていると、なんだかわたしまであせってしまう。あせってないことが間違ってるみたい。

終電で帰宅して、メイクだけ落としてすぐに眠った。

それで、今日。お昼に目を覚まして、シャワーを浴びて、スーパーに買い物に行こうとして外に出て、結局部屋に引き返した。

そして今、わたしは泣いてる。

どうしてなのか、全然うまく説明できないし、自分でもよくわからない。頑張って書いてみようと思うけど、数ヵ月後に読み返したら、まったく意味がわかんないかも。

外に出たら、風が結構冷たくて、寒いなあって思いながら歩いてたら、道路に落ち葉がたまってた。見上げると、どこかの家の木の葉が黄色くなっていて、また落ちてきているのもあった。ああ、もう秋も終わりなのかなあって思ったら、なんか泣けてきた。

あー、やっぱり、こうして書いてても意味不明だ。

一瞬で、いろんなことが駆《か》け巡ってた。わたしはいつまでこうしているのかなとか誰かに会いたいなとか彼氏欲しいなとかまた明日から仕事めんどくさいなとか優子は本当にお見合いパーティー出るのかなとかお母さんの電話はほんとにいやだなとか。ばあああっと一瞬で頭の中をたくさんのことが走馬灯のようになって、気づいたらそのまま泣き出しちゃってて、急いで戻ってきた。今も涙は止まらない。

こんなところ誰かに見られたら、なんて説明すればいいんだろう。っていうか、わたしはほんとに、なんで泣いてるんだろう。何がつらいとか、はっきり言えるようなこと、全然ない。

スーパー、どうしよう。どうしてわたしはこんなに不安になってるんだろう。ぼんやり寂《さび》しい。ぼわっと寂しいよ。

何がってはっきり言えるわけじゃない　何かが不足しているとしか

第五話　雪が溶けるみたいに会えなくなった人

巻第六　冬歌　681

冬草のかれにし人の今さらに雪踏み分けて見えむものかは

曾禰好忠《そねのよしただ》

［訳］冬に草が枯れるように、ごく自然に別れてしまった人が、いまさらこの雪を踏みわけて来るはずがない。

なんだかやけに冷えると思い、カーテンを開けてみると、雪が降っているのだった。みぞれのようではなく、窓ごしにでもわかる、白くはっきりとした雪だった。

薄い緑に白いストライプが入ったカーテンをつかんだまま、しばらくそれを眺《なが》めていた。下を見ると、道路にも積もりはじめているようだった。行《ゆ》き交《か》う人たちはみんな傘をさしている。積もるほど雪が降るのなんていつ以来だろうか。少なくとも、この部屋の窓から見たのは初めてだった。

足元から寒さがたちのぼる。もう一度眠ろうかと思ったけれど、立ち上がったせいか、目は覚めてしまっていた。あきらめるような気持ちで、エアコンのスイッチをONにした。日曜日で、予定もない。いくらでも眠ることができるのに、習慣が身についた体は、いつものように朝七時に目覚めてしまう。

こうして外を見ていても、思い出すのは彼のことばかりだった。それもまた習慣なのかもしれなかった。

最後にきちんと雪を見たのは、ちょうど去年の今ごろだ。旅行先でのことだった。温泉で一泊し、翌日の午前中に途中下車し、観光に出かけた。駅を出ると、道路にうっすらと雪が積もっていることに気づき、はしゃいだ。

「雪だね」

「雪だね」

それだけの会話を、笑いながら交わしていた。

歩いて城まで向かった。子どもの頃、わりと近くに住んでいたという慈史《ちかし》が、遠足で何度も城に行ったという話をしてくれた。

「城に、ゾウがいたんだ」

「像？　何の？」

「動物の。銅像じゃなくて、象ね」

わたしは驚いた。像だとしたらいたという言い方はおかしいと思ったけれど、城と象の結びつきのほうがおかしく思えたから。彼は、不思議がるわたしに、城にいたといっても、もちろん城内ではなく、隣接する小さな動物園内にいたということや、象は最近死んでしまったことなどを説明してくれた。

駅から歩いて十分ほどで城にたどり着いた。思いのほか観光客は多かった。家族連れやお年寄り。カメラを向けている人も多い。

見える、と声をあげてから、城にもうっすらと雪が積もっていることがわかった。

「今気づいたけど、冬にこの城来たの初めてかも」

彼が言い、わたしは答えた。

「わたしは生まれて初めてだよ」

ひどく寒かったので、普段は普通につないでいる手を、彼のコートのポケットに入れていた。わたしの右手と彼の左手が、左ポケットの中でしっかりと絡《から》まりあっていた。吐く息が白かった。空は曇っていて、足元には溶《と》けきれない雪が残っていて、象は確かにもういなかったけれど、わたしは幸福感をまきちらしていたと思う。何を話していても楽しくて、笑ってばかりいた。

あのときのわたしに、今のわたしが会いに行って、あなたは二ヵ月後に彼から別れを切り出されるんだよ、と言っても、きっと信じはしないだろう。彼には他にも好きな人がいるなんて、なおさら。


そうだ、別れて一年近くが経《た》つのだ。もう一年近く、なのか、まだ一年近く、なのかわからない。彼のいない日常を、何かで埋めるのに、とにかく必死だった。何かは、引っ越しだったり、仕事だったり、友だちだったり、お酒だったり、本だったり、買い物だったりした。息継ぎのうまくできない子どもみたいに、ただ必死に手足を動かして、もがくようにして毎日を過ごしていた。巡る季節にも鈍《にぶ》かった。夏の暑さをうまく思い出せないのは、今が寒いからという単純な理由ではない。彼と別れたショックで、気温すら感じられずにいたのだ。

窓から離れ、台所に向かった。コーヒーを淹《い》れるためだ。丁寧《ていねい》に豆を挽《ひ》いてから淹れる気にはなれず、やかんでお湯をわかし、インスタントコーヒーを飲むことにした。

マグカップを用意して、やかんから湯気が立つのを待っているうちに、二度寝という選択肢がどんどん薄れていく。

コーヒーを飲んだら、とりあえず洗濯をしよう。汚れたガスコンロも拭《ふ》いて、部屋に掃除機をかけよう。午後、雪がやむようだったら、買い物に出かけてもいいかもしれない。カーディガンがもう一着くらい欲しいと思っていた。

頭の中で、予定を組み立てていくものの、楽しい気持ちにはなれていなかった。本当に思っていることは他にあって、それから目をそらすために考えを張り巡らせているだけだと、自分自身はとっくに気づいていた。

慈史も、雪を見ているだろうか。

思った直後に、きっと寝ているに違いないと、多分当たっている想像をした。朝が苦手な彼のことだ。ましてや休みである日曜に、早起きをして雪を見ているはずはなかった。

鮮やかな黄色のやかんから、小さな音とともに湯気が立つのを確認する。火を止めて、マグカップに少しずつお湯を注ぎいれる。コーヒーが強く香る。

少しお湯が残ったやかんを、そのままガスコンロに戻し、マグカップを持って、再び窓の近くへと向かった。外では相変わらず雪が降りつづいている。いくつかの傘が動く。傘を持つ人はたいていうつむいていて、表情までは確認できないものの、みんな背中を丸めて、寒そうな様子で歩いている。

慈史が歩いてくればいいのに。

あまりに自然に湧《わ》きあがってきた思いに、反発することも思い浮かばず、わたしは流されるように想像を広げていく。


紺色《こんいろ》の傘がマンションに近づいてくる。エントランスに入る前に、彼はわたしの部屋の窓を確認して、わたしがそこにいることに気づくと、笑って手を振り、急ぎ足になる。

数分もしないうちにチャイムが鳴って、わたしは確認もせずにドアを開ける。鼻を少し赤くした彼が立っている。

「すっごい寒かった。雪だよ」

「うん、見た。雪だね」

わたしは彼のグレーのコートをハンガーにかけてから、台所で丁寧に豆を挽いてコーヒーを淹れる。彼はそれをありがとうと言って受け取り、飲んでからため息に近い息をもらす。

「寒い中、来てくれてありがとう」

彼は首を横に振ってから言う。

「あとで雪だるまつくろうか」

もちろん本気ではない提案に、わたしは、雪うさぎもね、と付け足す。さらに、かまくらって入ったことある、と彼が言って、わたしは、ううん、と答える。どこか東北のほうにあるんじゃないかな、かまくら、と彼が話し出し、わたしたちはいつか東北旅行に出かける約束をする。あそこに行きたいとか、あれが食べたいとか、思いつくものをかたっぱしからあげながら、エアコンで暖まった部屋の中で、好き勝手な旅行の計画を話し合う。


そこまで想像したところで、わたしは現実感を取り戻す。インスタントコーヒー。日曜の朝。一人の部屋。

馬鹿みたいだ。本当に、馬鹿みたい。

慈史が結婚する予定であることは、先月、共通の友人を通して知った。戻れると思っていたわけではないけれど、傷ついていないとは言えない。

窓の外で、紺色の傘が動くのが見える。彼の持っていた傘と似ているけれど、どこにでもありそうな傘だ。それでも、傘の持ち主を見たいと思っている自分が滑稽《こっけい》だった。傘をさしているのは、白髪交《しらが》じりの男性だった。似ても似つかない。わかっていたのに、どこかで残念がっていることを否定できない。本当に本当に、馬鹿みたい。

城に積もっていた雪は、とっくに溶けてしまった。あの雪も、あのとき笑っていた慈史も、城をバックに記念撮影していた子どもも、会えなかった象も、もうとうにあの場所から離れてしまったのだ。

インスタントコーヒーは、きちんと淹れたコーヒーにくらべて、どこか薄っぺらい味がする。それでも喉《のど》を通っていく黒い液体は、体をあたためてくれる気がした。

降りつづける雪を眺めていた。正確には、雪に含まれる思い出ばかりを眺めていた。すっかり冷えた素足のままで。

雪が溶けるみたいに会えなくなった人　雪の向こうから来てほしい人

❀　第六話　❀　ためらううちに

巻第六　冬歌　691

おのづからいはぬを慕ふ人やあるとやすらふほどに年の暮れぬる

西行法師《さいぎょうほうし》

［訳］こちらからは言わなくても、会いたくて訪ねてくれる人がいるかと思って、何も言わずにためらっているうちに年が暮れてしまった。

寒い、寒い、と怒るように言って、両手をこすり合わせながら千尋《ちひろ》ちゃんは現れた。久しぶり、と決まった挨拶《あいさつ》を交《か》わすけど、二週間前にも会ってるんだから、本当はそんなに久しぶりでもない。

「早くお店行こう。凍《こご》えるよ」

大げさだな、とおれは言って、早足の彼女の後を追う。いつもの待ち合わせ場所、いつものお店。

こうして二人で会うようになって、何ヶ月も経《た》つけど、会って最初の二十分くらいは、お互いになんとなく緊張してる。手探りというのだろうか。相手の話すリズムも、相手に対して自分の話すリズムも、話しているうちに徐々に思い出してくる感じがする。じわじわと暖め、ほぐしていくような。

「仕事、忙しいの」

自分がほぐれてきているのを意識しつつ、おれは聞いた。

「そうだねえ。本番は年明けからだけど」

千尋ちゃんは、さっきとはうってかわって上機嫌に話す。きっと寒さがものすごく苦手なのだろう。

「そっか、受験前が一番すごいのか」

唇をとがらせながらうなずかれた。千尋ちゃんは、学習塾で事務の仕事をしている。大学時代は家庭教師のバイトをしていたこともあったけれど、直接教えるよりも、裏でサポートをするほうが自分に合っていると気づいた、らしい。物事を教えるというのは、単純に知識量とか感じのよさだけじゃなくて、特別な才能が必要だと思う、と以前言っていた。おれにはよくわからないけれど。彼女が言う。

「不安定になる子も増えてくるからね。東京の場合、中学校から受験って子も多くて大変だよね」

「小学校から受験って子も多いんでしょ」

「うん。うちの塾の小学生は、みんな公立の子だけど、東京は多いよね。電車通学とかも当たり前にあるし」

電車の中で時々見かける、制服を着た小学生たちの姿を思い浮かべながら、ああ、そうだよね、と相づちを打った。

「うちの地元は、みんな公立だったなあ。選択肢すらなかった」

「そういえば、年末年始は地元に帰るの」

話の流れで聞いてみたものの、なんだか誘うような感じになってしまったかな、と思った。

「うん、そんなに遊んでくれる人もいなさそうだし」

千尋ちゃんは小さく笑った。

おれは迷ってしまう。これって、おれに誘いを求めてるんだろうか。それとも逆なのか。

そっか、と言ってから、付け足した。

「おれも実家で寝正月になりそうだよ」

「そうだよねー、やっぱりなるよね」

うなずく彼女は、単なる同意をしているようだけれど、内心、物足りなく思っていたりはしないだろうか。今の自分の言葉が、正解だったのかどうかがわからない。教えてほしいくらいだ。

千尋ちゃんと会っているときはいつもそうだ。彼女の言葉の裏を読めているのか、そもそも裏なんてなくておれが勝手に思い込んでいるだけなのか、わからなくて不安になる。彼女がサインを送ってくれているのだとしたら、きちんと答えたいと思うけど、勘違いや空回《からまわ》りになるのは間抜けすぎる。

もっと目に見えてわかりやすい、信号機みたいなものが頭に付いていればいいのにな、とおれは思う。好きなら青、友だちなら黄色、どうでもいいなら赤、とかそういうふうに。

単に、おれの勘が鈍《にぶ》すぎるだけなんだろうか。

「どうしたの。なんか考え込んじゃってる?」

訊《たず》ねられて、慌《あわ》てて首を横に振った。ごめん、ちょっと仕事のこと考えちゃってたかも、と言って、二杯目のビールを飲み干す。


普通に考えれば、嫌われてはいないのだろうな、と思う。仕事でもあるまいし、嫌いなやつと二人きりで何度も飲みに行くことはしないだろう。

千尋ちゃんと知り合ったのは合コンだった。合コンとはいっても、男女の数が一緒ってだけの軽い飲み会。職場が近いことや、趣味が読書っていう共通点なんかもあることがわかって、また今度あらためて飲もうよ、と話した。その場の社交辞令かと思いきや、こっちから送ったメールにはすぐに返信が来て、一週間もしないうちに本当に二人きりで飲みに行った。それから、月に二回くらいのペースで会っている。向こうが誘ってくれることも、こっちから誘うこともある。

最初に二人で会ったときに、付き合おうよ、と言っていたなら、どうなっていたんだろうな、と今になって何度も思う。でもそんなのは意味のない、文字通りからっぽの空想だ。

会っているときは、仕事のこととか、最近読んだ本についてとか、簡単にいえばとりとめのない話をしている。たまに本を貸し借りしたりもする。

千尋ちゃんは、自分の過去の恋愛について話すことがあるし、おれに質問してくることもある。ただそれが、単純な興味やアンケート的なものなのか、それとも好意を示すサインなのかというのがわからない。全然、ちっとも、わからない。

千尋ちゃんと前の彼氏とは、大学時代から付き合っていて、昨年別れたのだという。今でもたまに夢を見てしまうことはあるけど、未練とかそんなものは一切なくて、ただ、あの頃の二人そのものを懐《なつ》かしむ気持ちは残っているのだという。でもそれは、自分自身じゃなくて、架空《かくう》の物語を思ってるみたいなもんなんだよね、と言っていた。おれにはよくわからない感覚だな、と思った。

千尋ちゃんが恋人になったなら、どんなふうに生活は変わるんだろうな、というのもたまに思うことだ。

もしも今、彼女が告白してくれたなら、ためらうことなく付き合う。ただ、じゃあ自分から告白してみようか、という気持ちにはなれていない。

今の関係が崩《くず》れてしまうのが怖いだなんて、いまどき中学生の女子でも言わないようなことを思っている自分に嫌気《いやけ》がさす。がっ、といっちゃえばいいんだよな、と考えるときもあるけど、持続しない。なんだかんだいって、勘違いも空回りも避けたいと思っている自分が勝ってしまう。

千尋ちゃんに彼氏ができたらショックを受けるけど、そう思ってるのは、ものすごく勝手なのかもしれない。自分の気持ちすらはっきりわからない男に、相手の気持ちがわかるはずないのは、当然といえば当然だ。千尋ちゃんのことを考え始めると、最終的にはいつも軽い自己嫌悪に行き着いてしまう。

年内のうちに、また会えたら会おうと話していた約束は実現されず、実家で過ごすおれの携帯電話に、千尋ちゃんから新年の挨拶メールが届いた。
《あけましておめでとうございます　昨年はいろいろお世話になりました　実家はどうですか？　お互い東京に帰ったら飲みましょう　会えるのを楽しみにしています　いい年になりますように》
文面は普通だけど、添えられている絵文字に、ハートが含まれていて、これには意味があるんだろうか、とおれは、去年と同じようなことで悩んでいる。年が変わったからって、劇的に人が変わるはずないことくらい、さすがにわかってるけど。新年早々、中途半端な自分に気づかされる。
《あけましておめでとう　昨年はお世話になりました　今年もよろしくお願いします　また飲もう》

さんざん迷いながら作った返信メールは、テンプレートの文章みたいになってしまった。

絵文字と、実家の犬の写真を添付して送ったけど、さすがにハートは使えなかった。

いい年になりますように、ってこっちからも言えばよかったな、と送信完了した直後に後悔した。仕方ないので、いい年になりますように、と心の中で言う。

でも、いい年って具体的にどんなんだろうな、と中途半端《ちゅうとはんぱ》なおれは考えてみる。

気づいたら年は明けてた　自分から言い出せないでためらううちに

❁ 第七話 ❁ 想像はしょせん想像

巻第八　哀傷歌　783

寝覚めする身を吹きとほす風の音を昔は袖のよそに聞きけむ

和泉式部《いずみしきぶ》

［訳］寝ていて、ふと目を覚ましたときに吹き抜ける風の音を、昔は自分に関わりのないものとして聞いていたのに。今のようにひとりではなかったから。

わたしはずっと、冬がこんなに寒いものだと知らずに過ごしていた。知らずにいたことすら、知らなかった。

赤道直下の国で生まれ育ったわけでもないし、世界がいきなり氷河期に突入したわけでもない。去年の冬とくらべて、住んでいる地域も、着ているものも、体質も、平均気温もそんなに変わっていない。ただ、雅弘《まさひろ》がいなくなったというだけだ。

特に寒さに気づくのは、帰ってきたときや、眠りにつくとき、朝にアラームで目を覚ましたとき。部屋はこんなにも寒かったのか、とか、わたしの手足ってこんなに冷えていてあたたまらないものなんだ、とか、毎日繰り返されていることに、いちいち律儀《りちぎ》に驚き、戸惑《とまど》ってしまう。もっとも、それを伝える相手もいない。驚きはわたしの中で溶《と》け出して、広がったままどこにもいかない。

バカみたいだけど、最初はどうしてなのかわからなくて、本気で悩んでいた。建てつけが悪いのではないかと思ってみたり、掛《か》け布団《ぶとん》が薄くなってしまったのかもしれないと調べてみたりした。

雅弘がいないからだ。

そう気づいたのは、冬のある日、ベッドに入ってすぐのことだった。どうしてすぐに気づかなかったのかというくらい単純な事実だった。こんな単純なことでさえ、いや単純なことだからこそ、自分は蓋《ふた》をしていたのかもしれないと思った。一人用の新しいベッドで、横になったまま膝《ひざ》を抱えて、冷たい手で冷たい足をこすりながら、けれど泣いたりはしなかった。泣けるほうがむしろ楽なのかもしれない、と思いながら、氷のようにすら感じる自分の体を抱いた。

雅弘との別れがスムーズだったのかどうか、わたしにはよくわからない。四年半付き合って、結婚も考えていたことを踏まえれば、すんなりと別れたといえるのかもしれないけれど、やはり、まったくの無傷というわけにはいかなかった。

「もう、どのくらい好きなのかわからないんだ」

彼が神妙《しんみょう》な面持《おもも》ちで言ったとき、わたしは少し不思議な気持ちになった。わたしが何も言わないでいると、彼はさらに言葉を足《た》した。

「どこまでが好きで、どこまでが情なのかわからない」

わたしはやっぱり黙っていたけれど、それは意味がわからないのではなくて、むしろ逆だった。まるっきり同じ気持ちだった。ただ、線を引く必要がないと思っていた。好きであることと情を感じていることに、どれだけの違いがあるのか、そこがどれほど重要なものなのか、わからなかった。数時間おいといたホットコーヒーと、数時間おいといたアイスコーヒーの違いみたいなものだと思った。ましてや二つは混《ま》ざりきった状態なのだから。

けれど彼にとっては、厳密に考えずにはいられないことらしかった。川から砂金《さきん》を探すように、わたしたちの間に漂《ただよ》う細かな問題点を掬《すく》いあげようとした。

結局のところ、もっと大きな問題が発見された。彼にはわたし以外に気になっている女性がいるということだった。

それがわかったときに、わたしは驚いたり悲しんだりするよりも、深く納得した。そりゃあそうだろうな、とすら思った。彼が、長く続いた関係を終わらせるという、とてつもなく大きなエネルギーを必要とする行動を、何の気なしに選ぶような人だとは思っていなかった。

彼のことをさんざん責めて、罵《ののし》った。人生で一度も発したことのないような言葉をたくさん浴びせた。ただどこかでは、彼が最初に理由としていた、好意と情の境目をうまく見つけられずにいた、自分にも責任があるように感じていた。彼が気になっている女性とは関係なく、わたしたちはもう、終わりに向かっていたのかもしれなかった。

新しく借りた部屋で、初めて一人で眠ることになったとき、わたしは雅弘のことをどのくらい好きなのだろう、と思った。自分がどのくらい寂《さび》しがっているのか、どのくらい彼を恋しく思っているのか、どのくらい苦しんでいるのか、全然わからなかった。彼がいなくて変わったものなんてないような気すらしていた。新しい部屋は快適で、わたしは今までどおり会社に通い、自分の好きな音楽だけを聴き、自分の好きなものだけを食べた。

そんなふうにして、冬になったのだ。

寒さのせいで眠りはなかなか訪れない。今まで考えなかった、たくさんのことを考えるようになった。季節が変わらずにいたのなら、思い出さなかったであろうことをたくさん思い出した。

二人で暮らしていた頃、寒い日はいつも足を彼のふくらはぎの間に挟《はさ》んでいた。つめたっ、と文句《もんく》を言いながらも、彼はわたしの足を追い出すようなことはしなかった。二人の温度が同じくらいになると、どちらからともなく眠りについた。

これも二人で暮らしていた頃、帰りはだいたいわたしのほうが少しだけ遅かった。部屋は明かりがついていて、既《すで》にエアコンで暖められていた。今日は外にあったかいもの食べに行こうか、と言いながら部屋を出るとき、わたしの手は彼の手とつながれ、彼の上着のポケットの中にすっぽりと入っていた。

ずっと、幸せだと思ってもいなかった。当たり前に存在している毎日。いくらでも続いていく日常。特別さなんてどこにもなく、ともすれば退屈に感じてもいた。その浴びるような贅沢《ぜいたく》さに気づくのは、どうしたって喪失《そうしつ》のときだ。

雅弘以外のこともたくさん考え、思い出した。友人と朝方までファミレスにいたこともその一つだ。二年前か三年前かはわからないし、季節も忘れてしまったけれど、土曜日だったのは確かだ。夜中に呼び出され、まあ明日も休みだし付き合おうか、と思ったはずだから。実際に、わたしと友人は数時間をそのファミレスで過ごした。

友人はその日、長年付き合った恋人に別れを告げられたとのことだった。やっぱり今は仕事に集中したいとか、そんなような理由で。友人は、彼とのやり取りを事細かに説明してくれたけれど、ずっと泣きっぱなしだった。店員がお水を置きにきたり、注文を取りにきたりしても、彼女の涙の勢いはおさまらなかった。店員も周囲の客も、彼女にはもはや見えていなかったのだろう。

最初の三十分くらいは、わたしは真剣に話を聞いていたつもりだったけれど、繰り返される彼女の言葉や、泣きつづける彼女の態度に、うんざりしはじめた。ここで泣こうがわめこうが、状況は何も変わらないのだ。席とドリンクバーを何往復もしながら、わたしの中には、眠気もあいまって、帰りたい気持ちが積もっていった。

一応相槌《あいづち》は打ちつづけたけれど、もはや、最初のほうにあった心配とか励《はげ》ましといった要素は削られて、反射的なものでしかなかった。いつまでも鼻をぐすぐすといわせている目の前の女友だちを、内心うとましく感じた。

ファミレスを出てから、彼女がまだ少し、話したそうにしていた様子だったのを記憶している。気づかないふりをして、始発動いてるよね、気をつけて帰ってね、と言った自分も含めて。友人が待っていたであろう、よかったらうちに来る、それとも部屋に行こうか、といった類《たぐい》の言葉は発せなかった。いや、発しなかった。

帰宅したわたしが、雅弘にどんなふうに話したのかは憶えていないけれど、友人についてよくは言わなかっただろう。きっと愚痴《ぐち》ったはずだ。失恋くらいで、と眉《まゆ》をひそめたかもしれない。

友人の悲しみを面倒くさがるわたしには、失恋は程遠いものだった。わかっているつもりで、何一つわかっていなかった。

わたしはずっと、何も知らなかった。冬の寒さも、失恋の喪失感も。自分が何も知らないことすら知らずに、毎日安全なところで、ぬるま湯にひたって、日々をぼんやりと消費していた。

暖房が効《き》きすぎていて、少し暑くなっているほどの電車を降りて、駅を出るとその寒さに驚く。大判ストールを上のほうまで巻いても、顔は覆《おお》いきれない。冷たい風が、頬《ほお》や耳に突き刺さっていく。

自宅を目指して、わたしは夜道を少し早足で進む。

今は知っている。部屋のドアをあけても、そこに明かりがついてはいないのを。暖房もついていない部屋は、外よりはマシとはいえ、かなり冷え切ってしまっているのを。ストッキングとブーツに包まれているはずのわたしのつま先が、まったく暖かくないどころか、むしろひどく冷たいのを。知っている。知ってしまった。もう、知ってしまったのだ。

触れてみて初めてわかる　想像はしょせん想像でしかないって

❁ 第八話 ❁ 君は続いていく

巻第八 哀傷歌 811

逢ふことも今はなきねの夢ならでいつかは君をまたは見るべき

上東門院《じょうとうもんいん》［藤原彰子《ふじわらのしょうし》］

［訳］今はもう、泣き寝入りしたときの夢くらいでしか、あなたに会えなくなってしまいました。一体いつになれば再会できるのでしょうか。

絵美子《えみこ》は白い天井《てんじょう》を見つめていた。

うまく働いていない頭が、場所と状況をなんとか認識したとき、彼女はため息をついた。けれどそれは、彼女自身気づいていないものだった。主に白の家具で統一された、余計なものが少ない、きちんと整頓《せいとん》されたこの空間は、まぎれもなく絵美子自身の部屋だった。細かなチェックのシーツがかけられたベッドで、同じ柄《がら》の掛《か》け布団《ぶとん》をかぶり、彼女は一瞬前まで眠っていたのだった。

絵美子は再び眠りに入ろうとして、まぶたを閉じるけれど、うまくいかないだろうとすぐに察したのか、もう一度ため息をつくと、枕元に置かれた携帯電話に手を伸ばし、画面を開いた。眉間《みけん》に皺《しわ》を寄せながら、目を細めて画面を見ると、アラームをＯＦＦにし、閉じた電話をまた近くに置いた。

午前五時十分。アラームは六時にセットしてあったので、一時間ほど早く起きたことになる。

けれどそれは、ここしばらくの間、彼女の日常となっているものだった。最後にアラームで目を覚ましたのは、三ヶ月以上前だ。その日の夜、彼女は恋人を亡くした。交通事故死だった。以来、彼女はアラームよりも先に目を覚ます。変化は当然、それだけではなかった。

彼女は、土日も合わせて四日ほど会社を休んだ。理由も正直に伝えた。正確に言うなら、伝えたのは彼女自身ではなく、彼女の母が会社に電話をかけたのだった。休み明けに出社したとき、同僚たちから気を遣《つか》われていることが、彼女にははっきりとわかった。彼女はそれを、ありがたいとも、申し訳ないとも、いやだとも思わなかった。自分とはまるで無関係のことのように感じていた。ただ、目の前にある仕事を、一所懸命こなしつづけた。

通勤ラッシュには少し早めの、なんとか座れる程度には混雑する電車の中で、絵美子は両手を組み、膝《ひざ》の上に置いたまま、ぼんやりとしている。向かいの席に座るサラリーマンの膝を見ているようでもあるし、彼と隣の人の間、ほんのわずかにあいた隙間《すきま》からのぞく深い青のカバーを見ているようでもある。いずれにしても、その表情を見れば、彼女の親や友人たちは彼女を心配するだろうというものだ。実際、何度か心配されたこともあるため、絵美子は彼らの前や会社では、ぼんやりしてしまわないように気をつけていた。

高校生らしき制服姿の女の子二人が、楽しげに話している。

「電車の中って暑すぎるよね」

「逆に風邪ひくよね」

絵美子は耳に飛び込んだ言葉の意味をつなげてみる。そして自分が、暑さや寒さに対する感覚を、大きく失っていることに気づく。コートを着てきたのは、冬だからという理由であって、寒いからという理由ではなくなっていることに。

会社に到着した彼女は、いつものように仕事を始め、いつものように人と話す。けっしてぼんやりとしない。同僚の話す恋人の話に、笑顔で相づちを打ち、質問を挟《はさ》む。多くも少なくもない量の昼食をとり、お茶を飲む。キーボードを叩《たた》き、かかってきた電話に感じよく応対する。同僚たちの態度は、三ヶ月前に比べ、ずっと力の抜けたものになっている。彼女はその変化に気づいてはいるものの、やはり何も思わない。

残業を終え、まだ残っている人たちに挨拶《あいさつ》を済ませて会社を出ると、電車に乗って彼女は帰宅する。朝と違い、帰りは座ることができない。立ったまま視線を少し上にやる。周囲の人たちには、彼女が車内吊《づ》りの雑誌広告を眺《なが》めているように見えている。

「おかえりなさい」

母親はいつも、彼女がただいまを言うよりも先にそう言う。彼女はただいまと返し、子どもの頃からの習慣である手洗いとうがいを済ませると、一旦《いったん》、二階の自分の部屋へと向かった。コートを脱いでクローゼットにかけると、再び下へと戻る。短い階段を降りながら、彼女は自分の表情を切り替える。

夕食の寄《よ》せ鍋《なべ》を食べながら、彼女は両親に話す。会社で起きた出来事を、多少脚色を交《まじ》えながら楽しげに。母親から向けられる質問に一つ一つ答え、父親の仕事の様子を尋《たず》ねる。

事故があって以来、父親は残業時間を大幅に減らしていた。ただ最近では、再び帰宅が遅くなることも増えている。また残業続きの日々になっていくであろうことは明らかだった。

「たらも食べなさいね」

母親が言い、彼女はおとなしく言葉に従って、お玉で鍋の中のたらをすくい、自分の取り皿によそう。ゆっくりと噛《か》んで飲み込む。たらも白菜も豚肉もしめじも豆腐も、さらには鍋と並んでいる、ごぼうサラダやたこの酢《す》の物も、彼女にとっては全部同じ味に感じられるけれど、けっして口に出すことはない。彼女の体重は、あの日以来、五キロ落ちた。最近になってようやく落ち着いてきたことには、彼女の両親よりも、彼女自身が安堵《あんど》していた。体重の減少を恐れたのではなく、減少が周囲に及ぼす心配を恐れていたからだ。

絵美子はごちそうさまを言い、使った食器を流しに下げると、リビングでテレビを見始めた。画面は、東北地方で冬におこなわれるという祭りの様子を取材するお笑い芸人の姿を映し出している。

「チャンネル変えてもいいぞ」

まだ食卓でお酒を飲みつづけている父親が、彼女の背中に向かって言い、彼女は、うん、と答えるけれど、チャンネルを変える気配はない。父親もそれを知っていた。あの日以来、父親は毎日見ていたニュース番組を見ることをやめた。交通事故のニュースが伝えられるたびに、彼女の表情がこわばるのに気づいたからだった。

「あ、お風呂わいたみたい。先に入ったら」

お風呂場から鳴る小さな電子音を確認した母親が言う。彼女は、父親に対してのさっきの返答と同じように、うん、と小さく答え、ゆっくり立ち上がると、じゃあ入るね、と付け足した。

絵美子は、脱衣場に常備されているどこかの温泉の素を、付属のスプーンに一杯分すくい、浴槽《よくそう》に入れる。お湯が少しずつ緑色に変えられていくのを見つめている。泣きそうな表情で。

彼女は最近泣いていない。最後に泣いたのは、恋人の葬儀《そうぎ》でのことで、以来、一人きりになったときでも、一度も泣いていない。葬儀の際、母親の支えなしには立っていることができないほど、泣き崩《くず》れていた。そんな様子を見て、涙をこぼす人もいた。その日のことは彼女の記憶に残ってはいない。

お風呂あがったよー、とドア越しに両親に伝えると、彼女は自分の部屋へと戻る。残り少なくなっている化粧水と乳液をつけ、ドライヤーで髪を乾かす間も泣きそうな表情をしているけれど、実際に涙があふれ出すことはない。

階下で歯磨きを済ませ、両親に言葉をかけた後で部屋に入ると、待っていたようなタイミングで着信音が鳴り、絵美子は慌《あわ》てて携帯電話を確認する。絵文字の入ったメールは、友人からのものだった。またも無意識のため息をつき、絵文字の入った返信を送る。絶対に来るはずのないメールを待っているのだ。あの日以来ずっと。

通勤に使っている黒のビジネスバッグから、彼女はコンビニの袋を取り出す。最寄《もよ》り駅から自宅までの間にあるコンビニで、三本の缶チューハイを購入していた。冷蔵庫にうつさないのは、両親に知られたくないからだ。まるで高校生のようなその行動は、彼女の最近の日課となっていた。

一本目のレモンチューハイのプルトップをあけ、同じくバッグに入れている、三種類の薬を取り出した。二週間に一度通院する病院から処方された二種類の睡眠剤を、彼女は市販の睡眠剤とあわせてのんでいる。アルコールと一緒に摂取《せっしゅ》していることと同様に、医者や両親には話していないことだった。医者は、強めの睡眠剤を処方していることを彼女に伝えていたし、それは事実であったけれど、それだけでは彼女に眠りがおとずれないことも、また事実だった。

ハーフタイム時のサッカー選手がスポーツドリンクを飲むように、絵美子は勢いよく、缶チューハイを飲む。流し込むという言葉のほうが似合う飲み方で。時おり目を閉じる。自分が飲んでいるものが、レモンチューハイなのかグレープフルーツチューハイなのか、やはりわからないけれど、どちらにしても同じだった。
三本目を飲み干《ほ》す頃になって、ようやく眠気が襲う。強い眠気は、今の彼女にとって、何よりも優しい存在だった。ベッドに入り、眠りにおちる寸前、絵美子は一日のうちで一番幸せそうな安心した表情を浮かべているけれど、それはもちろん、自分自身では気づいていないものだった。

間違いなく君は続いていくだろう　わたしの夢で　その中だけで

❀　第九話　❀　気づかないうちに終わって

巻第九　離別歌　863

着馴らせと思ひしものを旅衣《たびごろも》たつ日を知らずなりにけるかな

読人しらず

[訳] 旅のあいだ、あなたに着ていただいてほしいと思って旅衣を裁《た》っていましたが、旅立ちの日すら知りませんでした。

わたしはもう、一生分の恋愛をしてしまったのかもしれない。

人に比べて数が多かったとか、物語になるような大恋愛をしてきたということはけっしてないけれど、人にはそもそも向き不向きがある。わたしがこれからどんなに頑張ったとしても、オリンピックに出場するようなスポーツ選手であるとか、ノーベル賞を取れるような研究者にはなれないだろう。目に見える大会や偏差値があるわけではないからわかりにくいだけで、恋愛も同じではないだろうか。

三十四歳は、まだ若いといえなくもないけれど、若いと大声で言い切ることもできない年齢だ。三十四年間にしてきた、わずかな恋愛が、一生分だったのだと言われたら、残念に思う一方で、わたしはどこかで安心するだろう。

恋愛に振り回されたりするのは面倒だ。自分以外の誰かの気持ちなんて、心から理解することはできないし、自分以外の誰かに心から理解してもらおうなんて、甘い幻想だ。だから、もういいんだ。恋愛のない余生《よせい》を送るのだ。


「おー、遅いよー」

少し離れた場所から手を振られ、呼びかけられるのは気恥ずかしかった。友人たちは早くも酔いが回っているようだ。

「ごめん、仕事なかなか抜けられなくて」

言いながら席につく。大人みたいなこと言ってるなあ、と思う。実際に大人になったというのに。高校生のときのことをよく知っている人たちと飲むのは、時々不思議な気分になる。話し方も、思っていることも、そう大きくは変わっていないはずなのに、みんな当然のように会社に行って仕事をしていて、結婚の話題なんて出したりする。時間の流れを、頭じゃなくて体で実感する。

「出た。キャリアウーマン」

「その言葉、もう古いんじゃないの。数年ぶりに聞いたよ」

くだらないことを言い合って笑える友人たちは貴重だ。もしかすると恋愛よりも。

高校時代の友人たちと、一ヵ月半に一度くらいのペースで飲み会をするようになって、半年ほどが経《た》つ。同級生の結婚式で再会したことがきっかけだった。毎回五、六人ほどが集まっている。今日は六人だ。

「働け働けー、世の中に貢献しろ」

歌うように一人が言う。お通しを持ってきた店員に、注文を伝える。とりあえず生。

お通しは白和《しらあ》えだった。思ったよりもおいしい。

用意していたのではないかというくらい、すぐに生ビールが運ばれてきて、あらためて乾杯をすることになった。

「はい、じゃあ、宇野《うの》が音頭《おんど》とって」

「えー、また俺かよ。じゃあ、はい、シャッセー」

「シャッセー」

わたしたちは笑いながらグラスを掲げる。シャッセは、高校時代にクラスで話題になった飲み物だ。炭酸入りのりんごジュース。

「これ、シュワシュワですげえうめえ」

宇野が言い、わたしたちはさらに笑う。シュワシュワですげえうめえ、は、初めてシャッセを飲んだときに、ここにはいないクラスメイトが言ったセリフで、その後しばらく流《は》行《や》ったのだ。二十年近く経っても話されることになるなんて、そのときは思っていなかったけど。十年後も、こんなふうに乾杯するんだろうか。

「あいつ、コーラについては、どう思ってたんだろうな」

「ほんとだよ。シャッセって、そこまでシュワシュワじゃないよね。美味しかったけど」

「復刻販売すればいいのに」

もう何度も繰り返したような会話を交《か》わす。ずっと続けていたかった。くだらない、内容のない、何度も何度も繰り返したような会話を。いまさら何の足《た》しにもならない思い出話を。

「俺、カフェやるつもりだから、そこでシャッセ出すよ」

「カフェ」

宇野の意外な一言に、みんなが声をそろえる。どこでやるの、カフェなんてできるの、一人で、とそれぞれに勝手なことを言う。まだ場所は考え中、と宇野が言う。わたしは、いつから、と聞いた。

「定年退職したら」

「なんだよそれー」

「どれだけ先の話なの。聞いて損したよ」

「いやいや、俺、最初からすぐとか言ってないし」

ムキになって言い返す宇野は、高校時代と全然変わっていないように見える。単に学ランがスーツになったというだけ。あとは髪型とか、彫《ほ》りの深さがちょっと変わったってだけで。ある日の放課後と、三十代になった今と、わたしたちはどれくらい違うっていうんだろう。

どこまでも続いていけるのだろうか。このまま、ずっと。

宇野が名古屋に転勤になったことをわたしたちに知らせたのは、恒例の飲み会でのことだった。その日の彼は、なんとなく暗いように見えていた。そろそろ転勤かも、という話は聞いていたものの、やはり驚きと戸惑《とまど》いは隠せなかった。

カフェ始めちゃったら、とわたしは言った。前回の飲み会で宇野が言っていたことを踏まえての発言だった。ほんとだよな、と宇野は力なく笑った。

いつから、という友人の質問に、来月、と宇野は言った。来月。あっという間すぎる。高校生の頃だったら、まだ少し先に思えたかもしれないけれど、今のわたしたちにとって、来月なんてまばたきほどの時間だ。

送別会を提案したのはわたしだった。いつもは一ヵ月半に一度のペースの飲み会だけれど、それじゃあ間に合わない。翌々週に開催されることとなった。

送別会といっても、特別なことはしないでいいよ、と宇野は言った。遠慮や謙遜《けんそん》ではなく、本当にそうしてほしいみたいだった。だからお店も普段と同じところにした。

それでもわたしは、こっそり約束を破った。プレゼントを用意したのだ。さんざん悩んで決めたプレゼントは、マルチカラーのレザーが付いたストラップだった。宇野が使っている財布と同じブランドのものにした。

送別会は、いつもみたいにくだらない話で盛り上がった。数時間が一瞬だった。わたしたちはたくさん笑ったし、たくさん声を出した。大げさな身振り手振りを交《まじ》えて話した。騒がしく酔った。同じ会社の人たちに見られたら、こんな一面があったのかと驚かれるだろうなと思った。他の友人たちも同じかもしれない。

駅で別れるときに、みんなが見ていないスキを狙《ねら》って、すっと包みを渡した。

「なに、これ」

宇野の顔は赤かった。きっとわたしの顔も赤いだろう。

「プレゼント。引っ越し祝い」

驚くかと思いきや、自然な感じで、おお、ありがとう、と宇野は言った。くしゃっと笑って。

「また東京来たら連絡して。あと引っ越しわかったら教えて」

「おう。また飲もうな」

わたしたちはみんなで手を振って別れた。いつかの放課後みたいに。

宇野から連絡が来たのは、数週間ほど経ってからのことで、それも、こちらが出したメールに対する返信だった。引っ越しはまだなの、と質問したのだ。

《もう名古屋にいるよ。東京恋しい！》

とても短いメールだった。二回読み返したけど、それ以上のことは書かれていなかった。

わたし、宇野のこと、好きだったんだなあ。でも宇野は、全然そんな感じじゃないんだなあ。

スポンジに水がしみこむように、事実がわたしをひたしていった。すんなりと納得できた。ふっと寂《さび》しさが降ってきた。包まれるよりも、胸にすとんと落ちてくるような感覚だった。もう引っ越してしまっていたなんて、知らなかった。

こんな歳になっても、自分の恋愛感情一つコントロールできてないどころか、把握《はあく》できてなくて、バカみたい。

ふっ、とわたしはためいきをつくように笑った。

旅立ちも自分の恋も気づかないうちに終わってしまったみたい

❁ 第十話 ❁ 忘れられない自分

巻第十　羇旅歌《きりよのうた》　968

忘れなむ待つとな告げそなかなかに因幡《いなば》の山の峰の秋風

藤原定家朝臣《ふじわらのさだいえのあそん》［藤原定家《ふじわらのていか》］

［訳］いっそ忘れてしまおう。だから、あの人が私の帰りを待っているなんて伝えないでくれ、松（待つ）で知られる因幡の山の秋風よ。

夢をあきらめないでとか、今からでも遅くはないとか、そんなメッセージは世の中のいたるところに溢《あふ》れているけれど、夢見たものを捨ててしまうことだって、立派な決断だし勇気ある行動だ。充分に讃《たた》えられる価値のあることだ。そしてそう思うのは、俺自身が、中途半端《ちゅうとはんぱ》なものを捨てきれていないから。

ひたすらに井戸を掘り続けて、水が出ないときは、いったいどこであきらめるのが正しいのだろう。あきらめるタイミングは、もちろんどこにだってあるはずだが、周囲に土が高く積もっていけばいくほど、引き返せない気持ちになっていくのも否定できない。けれど、ここまで掘ったのだからそろそろ、という思いに反して、スコップに当たるのは石ばかりだ。まだまだ、と気合いを入れようとしても、疲労と苛立《いらだ》ちがたまっていくのは、自分はもとより、周囲にも明白だ。

いつから俺は、こんな場所にいるのだろう。見えていた景色は、もっと光に満ちたもののはずだったのに。

ミュージシャンになりたいと思ってる、と俺が言ったとき、父親は怒った。いや、最初は怒ったとも違う。聞き流そうとした。何を言ってるんだお前は、と話すら聞こうとはしなかった。それで俺がムキになって、必死に説明しようとすると、お前は何もわかっていない、と大きな声をあげた。俺はもっと大きな声で、わかってるよ、と言い返した。間に入ったのは、母親だった。俺の乱暴な口調をたしなめつつも、父親にやんわりと、子どもの自主性を尊重する必要性について話した。多分、俺の見えないところでも、夫婦の話し合いは続けられたのだろう。数日後、好きなようにしろ、と父親は言った。

俺は自分がミュージシャンになる未来を疑っていなかった。頭の中では、最初は親にも反対されたんだけど、とインタビューに答える自分の姿を、既《すで》に想像していた。それは他のメンバーにしても同じことだった。みんなで集まっては、契約するレコード会社はどこがいいか、ファーストアルバムにはどの曲を入れるべきか、本気で話し合っていた。

俺たちはあくまでも、選ぶ立場なのだと思っていた。自分たちが選ばれる立場だとは、これっぽっちも考えていなかった。

実際、地元ではそれなりに人気があったのだ。高校生バンドとしては、間違いなく市内で一番有名だったと思う。地元のいくつかの小さなライブハウスから、ライブに出ないかと、よく声がかかったし、校内で知らない子から話しかけられることも珍しくなかった。当時大学生だった姉貴経由で、姉貴の同級生や後輩からサインを頼まれるようなこともあった。時には学校の先生から、人気らしいな、と声をかけられたりもした。どうなんですかねー、とどうでもよさそうに笑う俺たちは、完全に調子づいていた。不安なことは何もなかった。新聞のローカル面で、人気の高校生バンドとして紹介されたときには、既に大きな何かを成し遂《と》げたような気でいた。

卒業間近の数ヶ月、俺たちは週に一度、三十分のラジオ番組をやっていた。ライブハウスのスタッフ経由で、ラジオ局から声がかかったのだ。本当に小さな、地元のFMラジオ局だったけれど、ラジオ番組をやるというだけで、調子づくには充分だった。今思い返しても、校内放送に毛が生えたようなものだ。収録の予約は、壁に貼《は》ってある紙に蛍光《けいこう》ペンで日時を書き込み、時間になればスタジオに来て、録音したテープをデスクに置いておく。同じフロアにいるらしいスタッフは、収録時間だからといって特にやってくることはなく、番組の合間に音楽を流すための機械の操作も、自分たちで行っていた。

それでも、スタジオの中にいるとき、確かに俺たちはとうの昔にデビューしたミュージシャンのような気持ちでいた。メンバーの名前を誰もが知っているように思っていたし、発信する情報は、とても遠くまで届いているような気になっていた。知り合い以外で、あのラジオを聴いていた人など、一人もいないに違いなく、そもそも発信する情報すら持ってはいなかったのに。

きっとみんな退屈していたのだろう、と気づいたのは、東京に出てきて、しばらく経《た》ってからだ。特に進学校というわけでもなく、かといって出来が悪くもない、校則もゆるい、普通の高校で、あの頃みんなは、何かが起こればいいと思っていたのだ。生徒はもちろん、ひょっとしたら先生も。高校だけじゃない。地元自体、そんな空気が潜《ひそ》んでいたように、今は思う。自分の手が届くような場所で、おもしろいことが起きるのをどこかで待ち望んでいて、そこに俺たちがいたということだったのだ、と。

俺は、今の姿をまるで想像していなかった。小さなライブハウスでソロライブをするほどの集客力もない姿を。コンテストにCDを送って、一次予選すら通過できない姿を。他のメンバーが、就職とバンド活動を天秤《てんびん》にかけはじめている姿を。バイトを辞《や》めて音楽で食っていくどころか、音楽で一銭《いっせん》たりとも稼《かせ》げていない姿を。きっと父親は想像できていたのだろう。そう思うと、ますます力が抜けていくような気になる。

コンビニのバイトと居酒屋のバイトを掛け持ちしているので、バイトがない日は珍しい。しかもスタジオ練習もないなんて、数ヶ月ぶりのことだ。

眠りと目覚めの間を、だらしなく行ったり来たりしていると、携帯電話の着信音が鳴って、完全に目覚めの側に引き寄せられた。

電話は母親からのもので、出ようかどうか一瞬迷ったが、今出なくてもまた後でかかってくるに決まっている。面倒は先に済ませようと、覚悟を決めつつ通話ボタンを押した。

「はい、もしもし」

「もしもし、お母さん。忙しくないの。今日はバイトは休みなの」

こっちが言い終わる前の、立て続けな質問に、眠気が減少する分、苛立ちが募《つの》る。あー、と曖昧《あいまい》に返事をした。で、何の用、と付け加えた言葉の調子は、自分でも冷たいものだと思った。

「あのね、今月末の日曜に帰ってこられるかと思って。でも、もうバイト入っちゃってるよね」

こちらの答えを聞くまでもなく、確かめているような言い方だった。バイト、という単語に、どこかがささくれだつ。

「わかんない。多分無理。予定あるし」

あえて、バイトという単語は使わずに答えると、そうよねー、と残念がる様子もなく、むしろ明るく納得するように母親は言った。何があるの、と聞くよりも一瞬早く、母親がさらに言う。

「お姉ちゃんの彼氏が来るっていうの。結婚するみたいよ」

少し早口な、はしゃぐような口調になった。彼氏、結婚。姉貴の歳を計算しようとして、自分の歳をとっさに思い出せないことに気づく。見透かしたように、二十四歳じゃあ、まだ早いとも思うんだけどね、と母親が続ける。

「そうなんだ。めでたいじゃん。結婚式とかやるの」

「まあ、おめでたいといえばおめでたいんだけどねー。でもどうなのかしらね。まだ相手に会ってもいないし、なんとも。結婚式も、本人はどうでもいいとか言ってるけどね」

楽しげな様子の中に、迷惑そうなトーンを混《ま》ぜながら言う。本当に否定的に思っているのか、あまり喜びすぎないようにしているだけなのか、よくわからない。

「とにかく、よろしく言っといて」

そう言って、電話を切ろうとすると、慌《あわ》てたように母親が言う。

「そっちは元気なの。お金も足《た》りてるの」

「ああ、大丈夫。じゃあ」

今度は返事を待たずに切った。母親が本当に聞きたいことは、他にあるんだということがわかったから。答えられないことを、聞いてほしくはなかった。

ちっとも大丈夫なんかじゃない、と思った。お金だってない。けれどそんなことじゃなくて、根本的に。高校を卒業してから三年、こんな状態でいることは、大丈夫なはずがなかった。

再び布《ふ》団《とん》に戻ろうとしたけれど、眠れるはずもない。冷蔵庫から発泡酒を取り出して口にした。そのときようやく、自分が喉《のど》が渇いていたのだということに気づいた。

結婚か。しばらく会っていない姉貴の顔を思い浮かべた。立て続けに、さまざまな顔が浮かんでくる。高校時代のクラスメイトの顔。先生の顔。姉貴の友人たちの顔。ライブハウスのスタッフの顔。ラジオ局のスタッフの顔。俺たちに向けられていた憧《あこが》れや好奇心。きっともう誰も、俺たちのことなんて思い出さない日々を送っている。俺たちの曲のメロディーを口ずさむ人なんて、自分たち以外には、もうどこにもいないのだ。

忘れたいとどこかで思うたび忘れられない自分を思い知ってる

❀ 第十一話 ❀ 揺らしたら溢れてしまう

巻第十一 恋歌一 1034

玉の緒よ絶えなば絶えねながらへば忍ぶることのよわりもぞする

式子内親王《しよくしないしんのう》

［訳］私の命が終わるというのなら、いっそ今すぐに終わってほしい。これ以上生きていたら、あなたへの恋心をひた隠しにしていることに耐えきれなくなってしまいそうだから。

みんなと仲良くしましょう、というのが小学校時代の担任の口癖《くちぐせ》だった。朝や帰りのホームルーム、道徳の時間、彼女の口からはやたらとその言葉が飛び出していた。何人かの男子は、休み時間、わざと大きな声で、ちっとも似ていない彼女の物真似《ものまね》を繰り返した。

みんなと仲良くしましょう。周りの人のいいところを見つけ出してあげましょう。そうすればみんなのことを自然と好きになれます。

ずっと忘れていた言葉を、数年ぶりに思い出してからというもの、今度はやけにそのことばかりを考えている。

もしも彼女にどこかで会うようなことがあったなら、わたしは聞いてみたいと思っている。先生は本当に、みんなのことが好きなんですか、と。みんなのことを好きになるのはつらくないんですか、嫌いになりたい人だっているんじゃないですか、と。

けれど彼女と会うことはないし、偶然が起きて、たとえば電車でバッタリ会うようなことがあっても、わたしはそんなことは聞かないだろう。あくまでも想像しているだけだ。大竹くんがわたしの彼氏だったら、と考えるのと一緒で、どんなに膨《ふく》らんでも広がってもそれは想像だ。想像はけっして外には出ていかない。いや、出ていかないのではなく、出さないのだ。

大竹くんはみんなと仲が良い。この場合のみんなというのは、担任やクラスメイトのことじゃなくて（でもきっと、小学校時代も大竹くんは人気者だっただろう）、今ここにいるわたしの家族のこと。

お父さんは、就職したばかりの会社の様子について訊《たず》ねているし、お母さんは、自分のつくった料理が彼の口に合うかを気にしている。お姉ちゃんは、さりげなく料理を彼のお皿に取り分けているし、彼を気にしていないのはわたしだけだ。正確には、気にしていないふりをしているのは。

「はい。先輩にもよくしていただいてます。夜はかなり遅くなっちゃってますけどね」

うつむきながら、大竹くんの声が耳に飛び込んでくるのを感じる。はきはきとした、とでもいうのだろうか。どんな話をしていても楽しそうな大竹くん。顔をあげると、目が合った。

「まどかちゃんも、今年から就活だよね？　どんなとこ受けるの？」

「もう、この子は全然。おっとりしてるんだもん」

わたしではなく、お母さんがそう言った。鶏の唐揚げを飲み込んでから、口を開く。

「わたしだって考えてるんだから、余計なこと言わないでよ」

「あら。それはごめんなさいね」

ちっともすまなく思っていない口調でお母さんが言い、お父さんと大竹くんが笑った。わたしは何か言い返そうかと思ったけれど、黙り、玉ねぎのみじん切りがのったトマトサラダに手を伸ばした。

「唐揚げもすごくおいしいです」

大竹くんが相変わらず楽しそうな様子で言う。食べる勢いからしても、単なるお世辞《せじ》には思えない。お母さんが嬉《うれ》しそうに笑う。

「最近食べすぎじゃないの？」

お姉ちゃんが、大竹くんのお腹をつまむ。テーブルの下で、はっきりとは見えなかったけれど、そのしぐさだけで充分に苦しかった。うるさいな、と大竹くんが言って、お父さんとお母さんが笑っても、わたしはうまく笑えなかった。

まるで家族みたいだと思う。実際、半ば家族のようなものなのだ。お姉ちゃんと大竹くんは大学時代から、もう三年ほど付き合っている。時期ははっきりと決まっていないものの、このまま結婚するのは明らかで、この場にいる誰もがそう思っている。うまく受け入れられずにいるのは、わたしだけだ。

大竹くん。わたしは声に出さずに、顔を見ることもなく、斜《なな》め向かいに座る大竹くんに話しかける。大竹くんはお姉ちゃんのことがどのくらい好きなの？　顔が似てるって言われるわたしじゃだめ？

豆腐のお味噌汁《みそしる》をすすりながら、わたしは大竹くんに話しかけつづけている。大竹くんはお父さんの言ったつまらない冗談に笑い、お母さんの料理をほめる。お姉ちゃんが触れた大竹くんの体に、わたしもとても触れたいと思う。


夜の運転は緊張する。隣に大竹くんを乗せているなら余計に。

じゃあ僕はそろそろ失礼します、と大竹くんが言い、ああ、いいよいいよ、まどかが送るから、とお父さんが言ったとき、わたしはどんな表情を浮かべていただろうか。うちで免許を持っているのは、お父さんとわたしだけだ。

「いやいや、電車もあるし大丈夫ですよ」

「電車だと遠回りだろう。俺が運転できればいいんだけど、ビール飲んじゃってるからな。まどかの運転、ちょっと怖いけどな」

「そんなことはないですけど」

お父さんと大竹くんが笑い合う。怖いってどういうこと、とお父さんに突《つ》っ込《こ》んだけれど、笑ってこっちを見ただけだった。

「いいんじゃない？　まどかが送ってってくれるって言うなら」

お姉ちゃんの言葉には、どこか試すような響きがあった。別にいいよ、と答えたけれど、お姉ちゃんの顔を見ることはできなかった。

「どうしよう、わたしは残ろうかな」

お姉ちゃんはさらに言った。わたしはうんともううんとも答えなかった。ちょっとだけ沈黙が流れて、言葉がひとりごとに変わろうとしたくらいのタイミングで、大竹くんが、疲れてるんだったらそれでもいいよ、眠いだろうし、と言った。けれどお姉ちゃんは逆に、うーん、やっぱり行く、と答えた。

後部座席にお姉ちゃんが乗り込んだので、てっきりその隣に大竹くんも乗るものだと思っていたら、助手席のドアがあいたのでびっくりした。ギアをドライブに入れるとき、わたしの左手はちょっとだけ震えていた。

「ごめんね。俺も飲んじゃってて。運転できればいいんだけど」

「大丈夫です。怖いかもしれないですけど」

そんなことないよ、と言った大竹くんからは、確かに少しお酒の匂いがした。

多分少しの脚色もまざっている就活の思い出を、笑いをまじえながら大竹くんが話し、わたしは笑った。運転にはいつもよりも慎重であることを心がけていたので、体はずっとこわばっていた。

信号待ちや、左折時、ルームミラー越しに、あまりしゃべらないお姉ちゃんの顔を時々見た。見ていることを悟られないように。目を閉じていて、眠っているようにも見えたけれど、眠っていないことは明確だった。時々、相づちや突っ込みを入れてくることだけが理由じゃない。お姉ちゃんがまったくの無言だったとしても、わたしはお姉ちゃんが眠っているとは思わなかっただろう。

大竹くんの家には、二十分ちょっとで到着した。その間にお姉ちゃんが発した言葉は、数語だったと思う。

「どうする、降りていく?」

大竹くんは振り返り、後部座席に向かって話しかける。彼の右腕が近い。触れることなんてたやすいのだ。触れるだけなら。

「ううん、いい。よろしく言っておいて」

「うん、わかった。こっちからも、ごはんごちそうさまって伝えておいて。おいしかった。また連絡するわ。まどかちゃん、ありがとう」

大竹くんは、最後だけ、わたしのほうを向いて言った。いえ、という発音がちょっとおかしくなってしまった。触れられない大竹くんの腕、顔、体。

助手席のドアが閉まる。あまり音を立てない丁寧《ていねい》な閉め方だった。

再び車を走らせると、お姉ちゃんが言った。

「まどか、仁志《ひとし》のこと好きでしょう」

仁志は大竹くんの下の名前だ。なんだか別の人みたいだと思った。

疑問より確信が多く含まれた言い方だった。昔、英語の授業で習った、付加疑問文を思い出す。今の言葉を英訳すれば、don't you ? が付くのだろう。

「え、そんなわけないじゃん。何言ってんの」

語尾には笑いを混《ま》ぜたけれど、あまり意味はなかった。二人きりの車内に、わたしの言葉はやけに響いた。

ごめん、嘘、本当は好き。

わたしは自分の言葉の続きを想像した。

一年以上前から好きなの。もちろん、お姉ちゃんの彼氏だし、好きになっちゃいけないのはわかってるよ。他に好きな人つくろうと思って、合コンとかも結構行ったし。でもやっぱり、違うって思っちゃうんだ。誰か男の子といても、わたしが話したいのは大竹くんだって気づかされる。本当は、大竹くんにすごく触れたい。

わたしの想像。けっして外には出ていかない想像。いや、出ていかないのではなく出さないのだ。

信号が青に変わって、わたしはブレーキに置いていた右足をアクセルに移動させる。つま先が少し震えていることに気づいた。同時に、自分の鼓動《こどう》がひどく速くなっていることや、手がうっすら汗ばんできたことにも。

「ねえ、考えすぎじゃない？　意味わかんないんだけど」

わたしの言葉に、お姉ちゃんは何も答えない。家まではあと二十分ほどだ。緊張しているのは、夜のせいだけじゃない。

揺らしたら溢《あふ》れてしまう　もういっそわたしごと消えてしまいたい夜

❀ 第十二話 ❀ 愛とも恨みとも

巻第十二　恋歌二　1093

人知れず苦しきものは信夫山《しのぶやま》下はふ葛《くず》のうらみなりけり

清輔朝臣《きよすけのあそん》［藤原清輔《ふじわらのきよすけ》］

［訳］信夫山の下にはっている葛の葉がひるがえって裏を見せることがあるように、あの人を恨みがましく思っていることを、知られないようにしているのは苦しい。

久しぶりに飯でも食おうよ。

三日前にそんな内容のメールが来て以来、そればかりを考えていた自分が悔しかったし、間抜けだと思った。もっとも、彼といるときはいつもそうだ。待ち合わせ場所に、二十分ほど遅れて現れた彼を見つけたときに、思わず微笑みそうになった自分だって、充分に間抜けだし、もっと悔しく思わなきゃいけないのだ、きっと。

「ごめんごめん。どうしようか、何食う?」

遅刻したんだからもっとちゃんと謝《あやま》るべきだし、待ち合わせ場所も指定したのはそっちなんだから、少しくらいは何を食べようか考えておいてくれてもいいんじゃないのかな。

言えることならあるし、それが間違っているとも思わないけれど、間違いか正しいかなんて、全然問題じゃないのだろう。彼は間違いだらけの存在だし、こんなふうに会っていることだって間違いなのかもしれないけれど、今のわたしが、彼を必要としているのは事実だった。認めがたいけれど。

「前に会社の人と行った飲み屋なら近くにあるけど、そこでいい?」

「おー、いいね。そこ行こう」

相変わらず軽い口調だ。それにしてもさみー、と言いながら、彼が両手をこする。着ているのパーカでは、確かに今日は寒いだろうなと思う。やけに風が強い。

こすっている両手を、外側から包むみたいに触れたいと思ってしまっていることも、両手をほどいてわたしの背中に回してほしいと思ってしまっていることも、絶対に言えない。

お店は混んでいたけれど、待たずに入ることができた。案内されたのは、壁で仕切られて、半個室になっているスペースだった。向かい合った形で椅子《いす》に座る。彼はこないだ会ったときよりも、少し髪が伸びたようだった。

おしぼりと突き出しを持ってきた店員に、彼が、とりあえず生二つで、と注文をする。店員がいなくなってから、ビールでよかったよね、と確認された。このところ仕事が立て込んでいて、明日も少し早めに出社しなくてはいけない。それを考えると、ビールよりも、梅酒かなにかにしたほうがいいのだけれど、そのまま伝えて、じゃあ今日は早めに解散だな、と言われてしまうのが怖かった。うん、ビールで大丈夫だよ、と答えて、あたたかいおしぼりで手をふいた。さりげなく、マニキュアがはげていないことを確認する。

「久しぶりだよな。最後に会ったのいつだっけ」

「二ヶ月くらいじゃないかな」

そっけなく答えたけれど、本当は、一ヶ月と三週間ぶりだとわかっていた。律儀《りちぎ》に数えようとしているわけではないのに。

意識をメニューに移した。季節限定メニュー。サラダ。揚げ物。ページを繰りながら、わたしは必死に、彼の気に入りそうなもの、彼が食べたいと思っているであろうものを探している。

「彼氏は元気なの。うまくいってんの」

どこかからかうような口調に、わたしは身構える。答え方を探っていると、店員がビールを運んできた。ジョッキを置いた店員に、選んでおいたいくつかのメニューを伝える。向かいの彼の顔色をそっと窺《うかが》いつつ。店員が去ってから、おつかれ、と乾杯した。

「元気だよ。仕事が忙しいみたいだけど」

彼が一瞬不思議そうな顔をした。自分が何を質問していたか忘れていたせいだろう。真顔に戻ってから、そうなんだ、と興味のなさそうな返答をした。

嘘だった。仕事が忙しいということだけじゃない。そもそもの、彼氏の存在が。わたしは半年ほど前から、合コンで知り合った、商社に勤める年上の男性と付き合っているということになっている。彼に見抜かれているはずはない。嘘がばれるほど頻繁《ひんぱん》に連絡を取り合ってはいないし、そもそも彼はわたしにそれほど興味を抱いていないのだから。それでも、彼氏の話をするときは緊張する。

「仕事とかいって、他の女と会ってるのかもしれないけどね」

笑いながら言った。こっそりと彼の反応を見る。

「なんだ、ずいぶん自虐的だな」

彼も少し笑う。こちらの視線に気づいた様子はない。わたしと彼が付き合っていたことも、彼の浮気が原因で別れたことも、彼の中にはもう存在していないのだろうと思う。


ずっと片想いのような恋愛だった。

一緒に暮らしていたものの、彼がまともに家に帰ってくることは少なかった。単に寝る場所が欲しかっただけなのだろう。仕事が終わって家に向かうまで、今日こそは彼が待っているだろうという期待をこめて、道を急いだ。そして部屋の電気が点《つ》いていないことに小さく絶望する日々を繰り返していた。朝のうちに作っておいた二人分の夕食は、大体一人分だけが消費されつづけた。

家賃も食費も光熱費も半分ずつ払うというのが、住み始めた頃の約束だったけれど、ほとんど守られてはいなかった。彼は家賃だけは払ってくれていたものの、あとは適当だった。もっとも、アルバイトを掛け持ちする彼よりは、わたしのほうが稼《かせ》ぎも多かったし、お金なんかはどうでもよかったのだ、実際。

彼がどこにいるのかは、全然わからなかった。何をしているのかなら、なんとなくわかっていた。彼が自分以外の女といて、抱きしめたり、キスしたり、優しい言葉をかけていたりする姿は容易に想像できたし、わたしの胸を苦しくさせるのに不足はなかった。いつかは帰ってくるのだろうと思っていた。外でどんなに遊んでいても、最終的にわたしのところに来るのなら、それでいいとも思っていた。今までごめんと謝ってくれれば、すぐにでも許すつもりだったし、なんなら謝らなかったとしても、何もなかったようにして過ごしていくことはできたと思う。

けれど実際に彼が選んだのは、わたしではない人との生活だった。ある日、恋人だと名乗る女の人から、非通知でケータイに着信があって、わたしは彼と直接話すこともかなわないまま、別れることとなった。言われた住所に彼の荷物を送り、わたしも引っ越しを済ませた。

荷物をまとめるときに、彼の気に入っていた、色褪《あ》せた水色のTシャツを一枚、勝手にもらった。もしかしたら連絡が来るかもしれないと思ったけれど、結局Tシャツについての連絡はなくて、一年ほど経《た》った頃、知らない番号から電話があった。彼からだった。そのまま約束をして、飲みに行った。

一年ぶりに会う彼は、ちょっと太ったみたいだった。わたしに電話をかけてきた女の人とは別れたということだったけれど、だからといって、わたしと復縁する気もなさそうだった。駅のホームで電車を待っている間、ディープキスをされた。酔っていたせいだろう。

わたしたちはそんなふうにして、時々会う関係になった。

そして何よりも問題なのは、彼の態度じゃなくて、わたしが彼のことを好きすぎるということだ。


「やばいなー、飲みすぎたかも」

彼がテーブルに両腕を伸ばして突《つ》っ伏《ぷ》す。手で倒してしまわないように、グラスや食器を脇に寄せた。

横向きになって、目を閉じた彼の顔を見つめる。長いまつ毛。うっすらと生えた不精《ぶしょう》ひげ。赤らんでいる頬《ほお》が、相変わらず、あまりお酒が強くないことをあらわしている。

「眠っちゃわないでね」

声をかけると、んー、とくぐもった声で返事がくる。すっかり安心しきった表情だ。

きっとこの人は、わたしがこの人のことを、誰よりも憎んでいて、一生許せないと思っていることなど、考えたこともないのだろう。たとえば今わたしが、底のほうに少しだけ残っている、氷で薄まった生グレープフルーツサワーを、彼の頭の上からぶちまけたいと思っていることなんて、絶対に想像すらしていないのだ。

そしてまた、わたしがこの人を、ものすごくものすごく好きで、苦しくなるほど好きでいることも、彼の想像の範囲外なのだろう。赤らんだ頬や、首筋や、寝ぐせのついた髪や、閉じられたまぶたや、ちょっとだけ開いている唇に、触れたりキスしたいと思うわたしの願望を、彼は一生知ることはないのだろう。

いつかわたしは、この人を殺してしまうかもしれない。

わたしは、白いお皿に少しだけ残っている牡蠣《かき》のグラタンを口にする。すっかり冷めて、チーズも固まってしまっている。牡蠣の味が口の中に広がる。彼はまだ目を開けない。

ひた隠す思いを名づけかねている　愛とも恨《うら》みとも呼べそうで

第十三話　わたしに似てくるあなたの心

巻第十二　恋歌二　1143

憂《う》き身をばわれだにいとふいとへただそをだにおなじ心と思はむ

皇太后宮大夫俊成《こうたいごうぐうだいぶとしなり》［藤原俊成《ふじわらのしゅんぜい》］

［訳］片想いでつらいわが身を、自分自身でも厭《いと》っています。あなたもひたすら厭ってください。それだけが、わたしとあなたの同じ心だと思いましょう。

最近はもう、結婚式に出席するのもすっかり慣れてしまって、新郎の会社の上司のスピーチの一言一句までしっかり聞こうとしたり、キャンドルサービスで各卓を回る新郎新婦の後ろ姿までずっと見つめつづけたり、そんなこともなくなってしまった。話しかけに行ったり、会場内の写真を撮《と》りに行ったりするのに必死で、残しがちだったフルコースの料理も、今はさっさと食べてしまう。

「お色直し、結局ピンクにしたんだね。綺麗《きれい》だね」

「うん、綺麗。似合ってるね」

綺麗と言葉にはするものの、初めて友人の結婚式に出席して、ドレス姿に感激したあのときのような気持ちは生まれてこない。もちろん綺麗は綺麗だけれど、お花見だって何度も繰り返せば、感動はやはり薄れてしまう。それと同じで、いつのまにか、結婚式に対する気持ちの強さが失われている。

「成美《なるみ》はまだなの、結婚」

どこかで聞かれると思ってはいたので、驚きはしなかったけれど、それでもやはり暗い気持ちにはなる。

「なかなかタイミングがねー」

メインであるステーキの付け合せの野菜まで全て食べきってしまうと、お腹がいっぱいで苦しいほどだ。料理はどれもおいしかった。この後、ウェディングケーキが配られるだろう。新郎新婦初めての共同作業であるケーキ入刀を済まされて、幸せのおすそわけ、であるところのケーキを。

同じテーブルにいる、高校時代の同級生である友人たちは、わたしを含めた五人中三人が既婚者だ。成美は結婚するの早そうだよね、と高校時代に話していたのを、わたし以外にも記憶している人はいるだろうか。

三十三歳。中途半端《ちゅうとはんぱ》な年齢に思えてしまうのは、自分自身が中途半端な位置にいるからだと気づいている。

立ち上がり、デジカメを新郎新婦に向ける。別の人たちと談笑している新郎新婦は、こちらには気づいておらず、目線を向ける様子はない。気にせずに、撮影ボタンを押した。こちらを見てはいないけれど、笑顔の二人。今日撮ったほとんどの写真の中で、彼らは笑っている。

新婦である友人から、彼に関する相談をされたことも数回あった。小さなすれ違いや、大きな危機も乗り越え、結婚した二人。結婚がゴールではないとわかっているつもりだけれど、それでもニコニコと笑っている二人は、何かをなしとげたかのように見える。

「成美、いい奥さんになりそうなのにね」

座るなり、友人に言われた。どうだろうね、と笑う。いい奥さん。それは間違いなく、今のわたしがなろうとして、もがきつづけて、なれていないものだ。

彼がうちに泊まっていくのは、久しぶりのことだ。終電で帰ろうとしていたのを、若干《じゃっかん》無理強《じ》いする感じで引き止めた。見えない綱《つな》引きをしているようだ。

わかしたお風呂には、彼が先に入った。数年前なら一緒に入っていただろう。わたしの部屋のお風呂は狭《せま》いし、別に一緒に入りたいと思っているわけではないものの、当然のように一人だけで向かう彼に、寂《さび》しさをおぼえないといえば嘘になる。ただ、こんなことで寂しくなっているようでは、彼といるあいだも、いないあいだもずっと、寂しがらなければいけないだろうと思うから、気づかないふりもする。

彼が携帯電話をわざわざ尻ポケットに入れて、お風呂場の前まで持っていくのを知っていた。わたしが確認するとでも思っているのだろうか。あるいは単なるやましさだろうか。いずれにしても、わたしに彼の携帯電話を見るような気持ちはどこにもないのに。それは彼を信じているからではなく、その逆だ。決定的な証拠なんて見たくない。

彼がお風呂に入っているあいだ、読みかけになっていた小説に手を伸ばした。ミステリーだ。あんなに好きだった恋愛小説から遠ざかるようになって、数年経《た》っている。今は恋愛小説を読みたくないという気持ちにまでなっている。物語の中の恋愛が、幸せなものであれ、不幸せなものであれ、割り切れない思いが残ってしまう。

お風呂からあがった彼が、わたしのほうをちらっと見て、出たよ、と言う。わたしがどんな本を読んでいるのか、興味を示すことはない。これも以前とは変わってしまった点。

「じゃあ、入ってこようかな」

彼は何も言わない。わたしがお風呂に向かった途端、携帯電話をいじり出すのだろうと簡単に予想できた。別にいい。今日は彼が泊まっていってくれるのだ。

お風呂場で、いつもよりも念入りに体を洗った。友人にもらった、高そうなボディーシャンプーは、チェリーブロッサムの香りで、すごくいい匂いだけれど泡立ちが悪い。何度もスポンジにつけた。

森林の香り、と書かれた緑色の入浴剤を入れたお湯につかっていると、余計なことまで考えてしまいそうになる。ラストに近づいている小説のことだけを思った。それ以外のことは、なんだって余計なことだ。

浴室を出て部屋に戻るときに、わざと物音を立てた。彼が携帯電話をしまえるように。

ドアを開けたわたしを、彼がちらっと見る。ひどく冷たい、腐りかけの果物《くだもの》でも見るような視線だ。きっと彼は気づいていない。わたしのことを、自分がどんな目で見ているのか。

「ゆっくり会えるの、久しぶりだね」

わたしは彼の隣に座る。表情を見なくてすむように。

「ああ」

気のない返事。わたしはバスタオルで髪をおさえる。

「そういえばこないだの友だちの結婚式、すごくよかったよ。ドレスも似合ってて」

「そうなんだ」

彼はつけっぱなしのテレビを見ているようだ。さっきまで気にしてもなかったはずなのに。テレビは今日の野球の試合結果について伝えている。

「別の友だちには、成美は結婚まだなのって聞かれちゃった。いい奥さんになりそうなのに、って。なんでそう思ったんだろうねー」

明るく言ったつもりなのに、わたしの言葉は重たく響いてしまう。へえ、と答える彼の声には、若干の苛立《いらだ》ちが混じっているようだ。もうしゃべるのをやめてしまえばいいとわかっているのに、わたしは焦《あせ》って言葉を続ける。

「結婚とか、まだわかんないよね。みんなどういうタイミングでするんだろうね。とかいってるうちに、もう三十代だけど」

ははっ、と笑ったけど、あまりに嘘っぽい笑いになった。

彼はこちらを向く。また、冷たい視線で。

「あのさ、何回も言ってるけど、結婚とか考えてないから」

そう言うと、またテレビに目をやった。テレビはＣＭになっているのに。何度も繰り返し流されている、特におもしろくもないＣＭは、それでもわたしよりも見ていたい存在なのだろうか。きっとそうなのだろう。

「ごめんごめん、そういうつもりじゃないよ」

わたしは明るく言う。きっとこの明るさも、彼を無駄にいらつかせてしまうだろうと知りながら。

髪をふくふりをしながら、バスタオルをそっと顔にあてた。シャンプーの匂いがする。このまま声をあげて泣くことができたなら、ラクになれるんだろうか。

髪はなかなか乾かない。ドライヤーの音を彼は嫌っているから、ドライヤーは使わない。でもこんなの、なんの意味があるんだろう。わたしの存在自体を彼はうとましがっている。だとしたら、わたしが泣こうが笑おうが、そもそもいること自体が不快なのだから、もはやドライヤーなんて関係ないんじゃないだろうか。

彼は黙ってテレビを見ている。

今、わたしたちに共通している思いは、わたしの存在を持て余しているというその一点だけだ。きっと彼は知らないだろうけど。わたしは、もしかすると彼が思うよりも強く、自分のことをうとましく思っている。

「あー、眠くなってきたな」

彼が言う。きっとこの後わたしたちは、おざなりなセックスをして眠るのだろう。こんなのは予言じゃなくて分析だ。そうだね、とわたしは答えた。髪はまだ全然乾きそうにないけれど。

そうやってわたしのことを嫌うほどわたしに似てくるあなたの心

❀ 第十四話 ❀　遠く深い場所まで

巻第十三　恋歌三　1150

限りなく結びおきつる草枕いつこのたびを思ひ忘れむ

謙徳公《けんとくこう》［藤原伊尹《ふじわらのこれただ(これまさ)》］

［訳］いつまでもと深い契りを結んで帰ってきたこの旅のことを、絶対に忘れることはありません。

一緒に京都に行こう、と吉野《よしの》さんは言った。わたしたちが二人きりで会うようになって二年が経《た》つけれど、その日々の中で、間違いなく最も唐突《とうとつ》な言葉であり、提案だった。わたしは、えっ、と声をあげ、彼を見た。彼は目を合わせないまま、言葉を続けた。

「梅雨《つゆ》入りする前に行けたらいいなと思ってるんだけど、会社は休み取るの難しいかな。一泊二日で」

わたしは、吉野さんは大丈夫なの、と返した。彼は頷《うなず》き、今の時期なら休みは取れると思う、と答えた。

会社じゃなくて、と思ったことは言わなかった。わたしのほうも、会社の休みを取ることと自体は難しくない。有給は去年の分の繰り越しまであるし、まったく問題はない。問題は、家のほうだ。けれど吉野さんだってそんなことは当然知っていて、あえて言葉にしていないだけだとわかった。

「大丈夫だと思う。行きたい」

わたしは答えた。ようやくわたしと目を合わせた彼が、ほどけたように微笑む。

わたしたちは終電の時刻と、酔い具合を気にしながら、京都に関する話を始めた。どこに行こうとか、あれを食べようとか、ガイドブックを買っておいたほうがいいかなとか、そんな話を笑いながらした。わたしたちははしゃいでいたけれど、一方で緊張していた。

突然だめになってしまっても仕方ないという、暗黙の了解があった。相手がだめになってしまうことも、自分がだめにしてしまうことも怖くて、そのことを心配していた。けれど一切口には出さず、反動のように、楽しい話ばかりをした。

当日、わたしたちは、東京駅のホームで落ち合った。新幹線のチケットは、事前に吉野さんから手渡されていた。早めに着いたので、十三号車の表示がある場所を探していると、既《すで》に吉野さんは立っていて、おう、とこちらに片手をあげてきた。わたしはすごく驚きながらも、おはよう、と言った。東京駅のホームで会うのも、朝に会うのも、はじめてのことでドキドキする。吉野さんは、わたしの荷物を見て、ちょっと大きくない、と笑った。新幹線に一緒に乗るのも、はじめてだ。車中での二時間半、わたしたちは他愛《たあい》もない話をした。前に京都に行ったときの話や、学生時代の修学旅行の思い出話なんかを。どうやってこの旅行にやって来たかというようなことは、言わないし、聞かなかった。ただ、お互い知っていた。吉野さんはビールを二缶あけた。わたしは一缶あけたけれど、半分弱くらいは、吉野さんが飲んでいた。

車窓から富士山が見えたとき、揃《そろ》って声をあげた。近くの座席にいる、若い、学生らしきカップルは、携帯電話で写真を撮《と》っている。わたしたちはどちらもそんなことはしなかった。わざわざ彼に確認はしなかったけれど、二人ともカメラの類《たぐい》は持ってきていなかった。何かを残すつもりは、まるでなかった。

東京も晴れていたけれど、京都も晴れていた。平日だというのに、京都駅にはたくさんの人がいた。外国人も多かった。ひとまず荷物を置くために、タクシーで、泊まる予定のホテルに向かった。宿はすべて吉野さんが手配していたので、わたしは、朝食だけのプランを選べるところにしたということしか聞かされていなかったけれど、ずいぶん立派なホテルだった。サービスであるアーリーチェックインを済ませ、部屋に案内してもらった。

部屋は和室で、窓からは、流れる川が見えた。鴨川《かもがわ》だ。わたしが眺《なが》めに見入っていると、後ろから吉野さんが、川が見える部屋があいていてよかったよ、と言った。わたしが微笑むと、待っていたみたいに、さっとキスをされた。手を当てた彼の頰《ほお》は、ビールのせいか、いつもより少し熱かった。

「来ちゃったね」

わたしは言った。本当に、来ちゃった、という感じだった。こんなところまで来てしまった。彼はまたキスをした。

荷物を置いてから、またタクシーに乗り、彼が以前行ったことのあるという湯豆腐のお店に向かった。車内で彼は、店に予約を入れていないことを心配していたけれど、すんなりと入ることができた。けれど中は混雑していたので、少しでも時間がずれていたら、待たされることになっていたかもしれない。

注文した湯豆腐を一口食べて、わたしは驚いた。今まで食べてきた湯豆腐とは、まるで別の料理に思えた。豆腐は柔らかく、だしの味が中心までしみこんでいる。おいしい、と繰り返すわたしに、そうでしょう、と言う吉野さんは、得意げで、楽しげな様子だった。

その後、三十三間堂《さんじゅうさんげんどう》に向かう車内で、三十三間堂にははじめて行くと言ったわたしに対しても、それじゃあきっと驚くよ、と吉野さんは得意げだった。彼は父親のように振る舞っていたけれど、その振る舞いはかえって、彼をいつもよりも幼く見せた。それが楽しくて、嬉《うれ》しかった。

彼の予測した通り、三十三間堂でも、わたしは驚きの声をあげた。テレビやガイドブックで見たことはあったし、ある程度の知識はあったけれど、千体並んでいるという千手観音像《せんじゅかんのんぞう》は、ものすごい迫力で、圧巻だった。奥まで立ち並ぶ像の、一つ一つの表情はすべて異なっている。すごいね、とわたしは言った。他に言葉が浮かばない、貧弱な語彙力《ごいりょく》を恥じながら。彼は、でしょう、とやっぱり得意げに頷いた。

千手観音像の中には、会いたい人に似た像が、必ず一つはあるのだと聞いていた。なので、一つずつゆっくり見ていきたいと思ったけれど、奥に行くにつれ遠くなるため、表情を見ることのできないものも多く、何より観光客で混雑していたので、立ち止まってゆっくり見ることは難しい状態だった。それでも時間をかけながら、わたしたちは手をつないで、像を見ていった。こうして、外で手をつないでいることも、はじめてだったけれど、もう十年以上前からずっとしているような安心感がそこにはあった。

「見て、あれ、熊谷《くまがや》さんに似てるんじゃない」

わたしが言い、吉野さんとつないでいないほうの手で指さすと、彼は声をあげて笑った。熊谷さんは彼の部下で、わたしが仕事で知り合った相手でもある。もともとわたしたちが出会うことになったのは、熊谷さんがいたからだった。似てるよね、と言い合い、わたしたちはまた笑った。

三十三間堂を出てから、夕食までの時間を、散歩をしたり、気になったお店を覗《のぞ》いたりしながら過ごした。途中で手ぬぐいを一枚購入した。正確には、わたしが買おうとすると、吉野さんが買ってくれたのだ。モノトーンで、小さな梅がいくつも描かれている。こんなふうに物を買ってもらうのは、はじめてのことだった。わたしも何かお返しをしたかったけれど、彼はやんわりと断った。

夕食は祇園《ぎおん》のお店でとった。それも以前彼が行ったことのあるという場所で、こっちはあらかじめ予約を入れていた。カジュアルな雰囲気だけれど、インテリアの細部にまでこだわっているのだろうと思わせるつくりだった。カウンターに並んで座った。

揚げだし生麩《なまふ》、京茄子《きょうなす》の田楽《でんがく》、水菜のサラダなどをはじめとして、彼が選んで注文した料理は、どれもがおいしかった。丁寧《ていねい》に調理されている印象を受けた。どの料理も、だしが効《き》いている。わたしはいつもよりもたくさん食べ、彼はそれを指摘しながら笑った。もっとも、彼だって、いつもよりお酒の量も食事の量も多くとっていた。

お店を出ると、完全な夜になっていた。夕方まではひっきりなしに行《ゆ》き交《か》っていた人の通りも、今は少ない。近づいてくるタクシーに手をあげながら、彼はキスをした。屋外でキスをするのははじめてだったけれど、何もかもがはじめてのことだったので、わたしはもうあまり驚かなくなっていた。

ホテルの部屋に戻り、それぞれシャワーを浴びて、わたしだけ軽く髪を乾かすと、既《すで》に並んで敷《し》かれていた布団に入った。お腹が苦しい、というわたしの言葉は、すぐに流された。わたしは、吉野さんだってきっと苦しいのに、と思いながら、着たばかりの浴衣《ゆかた》を脱がされるのを黙って受け入れていた。

いつもよりも、ずっと多くの時間と労力をかけた。体の隅々《すみずみ》まで、確かめていくような行為だった。お互いのさまざまな場所に触れ、なぞり、唇をつけた。終えた頃には、すっかり疲れ果てていて、肩で息をした。しばらく言葉が出せなかった。

並んで仰向《あおむ》けになり、ようやく言葉を発したのは、彼だった。

「一緒に眠るの、はじめてだね」

ひどく柔らかな言い方だった。わたしは泣き出しそうになるのをこらえて、そうだね、と言った。小さなオレンジの明かりを見つめながら。こんなところまで、来てしまった。


京都旅行から、一週間が経つ。

わたしが留守にしたのを、数日不機嫌にしていた夫も、今は普通だ。友人と旅行していたことを疑っている様子はない。吉野さんの家族がどう思っているのかは、もちろん知るよしもない。

吉野さんとは、昨日の夜に会った。京都の話は、全くしなかった。とりとめもない話ばかりした。わたしたちは、京都旅行のことを、一生忘れないだろう。


もう二度とたどりつけないほど遠く深い場所まで旅をしてきた

第十五話　君と一緒に生きていきたい

巻第十三　恋歌三　1152

きのふまで逢ふにしかへばと思ひしをけふは命の惜しくもあるかな

廉義公《れんぎこう》［藤原頼忠《ふじわらのよりただ》］

［訳］昨日までは、命と引き換えにしてもあなたに逢いたいと思っていた。けれど念願かなってあなたと逢った今日は、命が惜しくなっています。

特別で唯一なものは、大学に入ってすぐに現れた。

大学生になったら恋愛の一つや二つするんだろうなー、って漠然《ばくぜん》と思ってた。

女子高時代から、恋はしたいなって思ってた。周りの彼氏がいる子たちは、悩みを話してるときでも楽しそうだったし、ドラマでも漫画でも、彼氏がいるのといないのじゃ、人生がまるで違ってる感じがする。

でも、出会いの少なさはハンデとなって、あっというまに卒業を迎え、気づけばあたしは恋をしないままの高校時代を終えた。電車でよく見かける人とか、友だちの彼氏の友だちとか、ちょっとはいいなあって思う出会いもあったけど、胸にがつんと来るようなことはなくて、どうせ恋愛するなら、やっぱり特別で唯一じゃなきゃいけないと思ってたから、そこまで行動的にはなれなかった。恋は架空《かくう》の存在で、箱の中のものだった。

窪田《くぼた》くんは、大学で初めてできた友だちである雪乃《ゆきの》の友だちとして知り合った。窪田くんと雪乃は高校の同級生で、あたしたちは必修の英語のクラスが一緒だった。初回の授業で、明るく人なつっこい性格の雪乃は、たまたま席が隣り合ったあたしに話しかけてくれて、すぐに意気投合した。窪田くんもそのときに紹介してもらった。はじめまして、と言う窪田くんは、あたしが知らないミュージシャンのTシャツを着ていて、くしゃっと崩《くず》れるみたいな笑い方をした。さわやかだな、と思った。

英語のクラスは週に四回で他の授業より断然多いし、グループごとに分かれてディスカッションする機会などもあって、あたしたち三人はすぐに仲良くなった。クラス内では他にも話すような友だちは何人もできたけど、一緒に受ける後期の授業を相談したり、お昼ごはんや夜ごはんを一緒に食べたりするのは、三人が多かった。

あたしは、窪田くんに会うたびに、自分でも気づかない、好意のポイントみたいなものを増やしていった。彼がおもしろいことを言ったり、さりげない優しさを見せるたびに、ポイントはぐんと増え、ほとんど減ることはなかった。時間にルーズだったり、課題をきちんとやっていなかったり、そういう部分ですら、マイナスにはならなかった。可愛らしいと思った。

恋かもしれない。

ある日の授業中にふっと思ったことは、すぐに確信に変わった。今まで気づいていなかったのが不思議なくらいだった。あたしは窪田くんを好きで、彼と一緒にいたいって思っている。

さっそく雪乃に相談すると、彼女はとても驚いていた。

「窪田のどこがいいの」

はっきりと失礼なことを言う。あたしは、おもしろいとこ、とか、優しいとこ、とか、彼の長所と思われる要素をあげていった。

　自分でも奇妙に思えたのが、あげればあげるほど、違和感が生まれたことだ。おもしろいのも優しいのも、確かに彼の長所で、好きな部分ではあるんだけど、どれも好きな理由ではない気がした。おもしろくない窪田くんのことは好きじゃないのだろうか？　優しくない窪田くんのことは好きじゃないのだろうか？　窪田くんが明日からいきなりおもしろくなくなったら、あたしは窪田くんを好きじゃなくなるの？　そうかもしれないけど、そうじゃないと思った。どこか一つ突出したものがあるからいいとかじゃなくて、全部含めて、今の窪田くんを素敵だと、好きだと思っているんだ。でもさすがにそれを、へー、窪田のことがねえ、と納得いかない様子の雪乃に伝えるのは恥ずかしかった。

「余裕でいけると思うよ。窪田、今は彼女いないし」

　余裕でいけると思う、と言ってもらえたことより、今は、の部分にひっかかってしまった。前はいたの、と聞くと、雪乃はちょっと申し訳なさそうな顔をしてから、すぐに別れてたけどね、と言う。きっと高校の同級生だったのだろう。

「どんな子？　可愛かった？」

「んー、同じクラスになったことはないからよく知らないけど、まあ、普通じゃん」

「どっちから告白したのかな」

「窪田らしいけど、でもほら、高校時代のことだし」

そう言われても、高校時代はけっして遠くない過去だ。すぐにでも思い出せる。わたしが友だちと集まってだらだらくだらない話で盛り上がっていたときに、窪田くんは彼女とデートとかしてたのかな、と思うと、針《はり》で刺されたみたいな痛みがあった。

「ごめん、余計なこと言っちゃったかな」

「ううん、聞けてよかった。ありがとう」

ありがとうって思ったのは嘘じゃなかったけど、聞いてしまったショックもあった。

「うまくいったら、四人でデートしようよ」

どこか得意げに雪乃が言う。雪乃は最近、バイト先の先輩と付き合い始めたばかりなのだ。

「うん。約束ね」

本当にそんな日がくればいいのに、とあたしは思う。思いよりも祈りに近い。夢のようなそんな日が。


意識してからのほうが、ずっとつらくなった。

英語のクラスで、他の女の子と話している窪田くんを見ながら心がぎゅうっと苦しくなった。あの子、窪田の前の彼女に似てるかも、とうっかり雪乃が口を滑《すべ》らせてからは余計に。

恋がしたいと思っていた。だからその願いはもう果たされてる。でも、それだけじゃ満足できない。ぼんやりと恋をイメージしているときは、実際に恋をすることがこんなにも苦しかったり切なかったりするなんて、あたしはちっともわかってなかった。

手をつないで歩くカップルたちは、目覚めたらいきなりカップルになってたわけじゃない。どっちかがどっちかを好きになって、そしたら同じようにどっちかもどっちかを好きになって、思いを伝えて、確認しあって、ようやくカップルになる。あたしはそんなことにすら気づいていなかったのだ。気づいてしまうと、カップルになんて一生なれない気がした。そんなの奇跡だ。不可能だ。

悪い想像は、望んでもいないのに、あっというまに膨《ふく》らむし育っていく。見ていない過去のことや、ありもしない未来のことを勝手に想像しては悲しくなった。元の彼女と仲良くしていた窪田くんの姿。同じクラスの子と付き合いだして幸せそうにする窪田くんの姿。次から次へと浮かぶ想像は、当然のことながらあたしを幸せにはしなかった。

毎日、眠る前にあたしは窪田くんのことを考えた。それ以外の時間帯だって考えていたんだけど、眠る前には特に強く。彼女になりたい、と思った。彼女という名の、特別で唯一なもの。もしもそれが叶《かな》うのなら、たとえば寿命が少しくらい短くなってもいい。一瞬でもいいから、現実になってほしかった。

いつものように、窪田くんの夢を見られなかったことにガッカリして学校に向かったその日は、よく晴れて、気温が高かった。

二限目の英語が終わってから、いつものようにあたしたちは三人で学食に向かった。あたしはタコライスを頼んだ。

それぞれ注文したものを食べ終えてからわりとすぐに、雪乃が、ああっ、と声をあげた。

「次の授業、発表あるから、コピーしとかなきゃ。ごめん、図書館行くね」

手伝うよ、と言ったけど、いいよいいよ、と雪乃はさっさと食堂を出て行った。もしかして気を遣っているのだろうか。こっそり、向かいに座っている窪田くんの様子をうかがうと、彼は特に何かを思っている様子はないようだった。

二人きりになるのは、初めてじゃないけどやっぱり緊張する。自分の呼吸がやけに目立って聞こえてしまう気がする。

「間に合うのかな。ほんとに手伝わなくていいのかなあ」

「大丈夫じゃない。あいつ、なんだかんだで要領いいし」

あたしはうなずいて同意する。

「そういえば」

「うん」

窪田くんは、なかなか続きを切り出さない。どうしたの、と言おうとしたあたしの顔を見ながら、彼が発した言葉を、あたしはすぐに飲み込むことができなかった。

「もしよかったら、付き合おうよ」

ようやくつながった意味に、あたしはあまりにもびっくりしてしまって、そういえばって言い方は変じゃない、と笑った。ごめん、と窪田くんも笑った。

「よかったら、だけど」

繰り返して、こっちを見る窪田くんの声は、ほんのわずかに震えている。あたしは黙ってうなずいた。まじで、と彼が言う。自分の目の前に置かれた白い器を見た。タコライスは食べ終えたけど、トマトソースが貼《は》りついている。あたしはずっとこの光景をおぼえているのだろうなと思った。

「めちゃめちゃ緊張した」

ようやく顔をあげたあたしを見て、彼はそう言って笑った。熱いものがこみあげていく。信じられないと思ったけど、現実だとわかっていた。奇跡みたいな現実。

「嬉しい」

あたしは言った。目の前にいるこの人と、行きたい場所がたくさんあって、したいことがたくさんある。きっとこれから始まっていく。少しずつ現実になる。あたしは彼と百年恋愛したい。

死んでもいいなんて真っ赤な嘘だった　君と一緒に生きていきたい

❁ 第十六話 ❁ さっきまで俺に向けてた唇

巻第十五　恋歌五　1409

出でて去《い》にしあとだにいまだ変らぬに誰《た》が通ひ路《じ》と今はなるらむ

業平朝臣《なりひらのあそん》［在原業平《ありわらのなりひら》］

［訳］わたしが出て行った足跡さえまだそのままあるはずなのに、あの人の家への道は、今は誰の通い路となっているのだろうか。

女の勘《かん》は鋭いとかよく言うけど、男の勘だって似たようなものだと思う。少なくとも、付き合ってる相手の様子が変とか、そんなことくらいはわかるし、空気で感じる。ただ、それをはっきりと口に出して確かめることが、男より女のほうが多いってだけなんじゃないかと思うのだ。

さっきまで観ていた映画は、さしておもしろいものではなかった。ある男女の中学時代から成人までを描いたものだったけれど、二人がくっつくのにやたらと時間がかかり、それまでの誤解や行き違いが多すぎて、イライラしてしまったほどだ。風景の綺麗《きれい》さだけが美点だった。瞳《ひとみ》にしても同じことなのか、いつもなら映画の感想を語りたがるのに、今日は別の話をしている。もっとも、おもしろくなかったことを認めてしまうのは嫌なのだろう。今日の映画は、瞳が観たいと言い出したものだ。

「ねえ、ちゃんと聞いてるの」

瞳は不満げな様子を隠すことなく、俺に尋《たず》ねる。顔をあげて彼女と目が合った時、チークのオレンジが若干《じゃっかん》濃いんじゃないかなと思ったけれど、そんなことを口に出していいことはないので、それは言わない。チーク変えたね、と言ったところで、なんで今さら、今日会ってから二時間は経《た》ってるよね、と非難されるのが目に見えている。何より瞳は、話の腰を折られることをひどく嫌っている。

「聞いてるよ。で、農家に行って、どうなったの」

「結局農家に行って、今はキャベツ作りとか手伝ってるみたいなんだけど、多分続くわけないだろうって佳恵《よしえ》は言ってて、佳恵のお母さんも同じ意見みたい」

お母さんまで出てくるのかと思いつつ、俺は相槌《あいづち》を打つ。

「へえ。確かに農家も大変だろうし、一日二日でできるようになるわけじゃないよな」

「でしょでしょ。そういうとこも、結構楽天的っていうか、ほんと、何考えてるんだろうね、って感じみたいだよ。佳恵はあんなにしっかりしてるのに。こないだも、ふらりと実家に帰ってきて、数日間、何をするでもなくいて、気づいたらいなくなってたらしいの。その時もね……」

瞳はまた別のエピソードを持ち出し、友人である佳恵ちゃんの弟が、いかに無計画でいいかげんな人間であるかを必死に話している。

興味を持っているふりをしているし、話も頑張って聞いているが、正直、どうでもいいし、おもしろくもない。ふーん、という感じだ。そいつが農家に働きに出ようが、ハリウッドに留学して映画スターを目指そうが、ヒッチハイクで全国一周すると言い出そうが、俺には関係ない。瞳にしたって同じはずなのに、まるで自分の弟であるかのように熱をこめて話している。これは個人差というよりも、性別差なんだろうか。

それよりも本当は、聞きたいことがある。いや、むしろ、絶対に聞きたくないこと、なのかもしれない。

「やっぱり、男の子のほうが、現実を見るのが遅いのかもね。ロマンチストっていうか」

瞳がそんなふうに話を締めくくろうとして、俺は自分のことを言われているわけではないと知りつつも、なんとなくドキッとした。現実を見たくないわけじゃないけど、聞かずにいるというのは、そういうことなのかもしれない。誰かに言われたら、否定しきれない。

「まあ、きっと、そのうち落ち着くよ。自分で気づいたり、決めなきゃいけない時がくるんだろうから。今は必死に悩んだりしてるんだって。見えないとこで」

後半は、弟のことではなく、かといって自分自身に向けたわけでもない、よくわからない言葉になってしまった。瞳は、そうかなあ、と言いながら、残り少なくなったなんとかメープルラテを口にしている。チーク、やっぱり前のほうがよかったんじゃないだろうか、と俺は思う。


セックスの回数が減ったことだって、わかりやすい変化の一つだと思いながら、駅で瞳と別れた。今日は家に帰ると言う瞳は、うちには来なかった。以前なら土曜のデートは、うちに来て、そのまま泊まっていくのが習慣だった。母親が風邪気味だからと言っていたが、本当に家に帰るのかは疑わしい。その気になれば尾行《びこう》だってできるけれど、尾行という行為そのものが嫌なのはもちろん、はっきりさせることはもっと嫌だった。そもそも、尾行などということを考えてしまった自分にため息をつきたくなった。

俺は、どうして瞳と別れないのだろうか。

彼女の様子の変化に気づいてから、ずっと考えている問いを、また心の中で繰り返しながら、ホームに着いた途端にすべりこんできた地下鉄に乗り込む。中途半端《ちゅうとはんぱ》な時間のせいか、すいている。

共通の友人の紹介で知り合い、付き合い出してから一年半が経つ。もっと長く付き合った彼女もいたけれど、まあまあ長いほうではあるだろう。

瞳の変化は、四ヶ月ほど前からだ。以前はやたらと手をつなぎたがっていたけれど、最近はくっついてこようとはしない。セックスの回数も減ったし、キスも減ったように思う。拒まれたことはないけれど、向こうの積極性は明らかに薄れている。

一緒にいる時に、ケータイを確認する回数も、前よりずっと増えた。俺がトイレに立って戻ってきた時なんかは、確実といっていいほどケータイを見ている。そのくせ、俺がメールをしても、返信はそんなに早くない。むしろ遅くなったくらいだ。

あとは、言葉じゃ説明できない、空気の違い。話している時の表情とか、間《ま》とか、なんとなく前とは変わったように思う。

けれど、こんな変化を羅列《られつ》してみようと、何の意味もない。

あとは俺自身の問題なのだ。

地下鉄を降りて、最寄《もよ》り駅を出た。空がさっきよりも曇っている。いらっしゃいませ、とやる気のない声に迎え入れられ、コンビニに入る。欲しいものがあるわけではなかったけれど、いくつか雑誌をパラパラと立ち読みしてから、発泡酒とさけるチーズを買った。

部屋に戻ると、たまっている洗濯物を横目に、発泡酒をあけた。最近よく飲んでいるけれど、別においしいと思っているわけではない。安い味がする。それでも今の状態には、ビールよりもワインよりも似合う気がした。

瞳は今どこで、誰といるのだろうか。

瞳が他の男と寝ているところを思い浮かべてみても、あまり嫉妬心《しっとしん》はわきあがらなかった。うまく想像できていないせいだと思う。かといって欲情も起こらない。今日観た映画を思い出すのと、同じ感じだった。映画の記憶は、早くも断片的なものとなっている。

発泡酒を飲みながら、今電話をかけたらどうなるのだろう、と思った。多分どうにもならないだろう。瞳は電話には出ない。あるいは本当に家にいて、電話に出るだろうか。けれどそれで俺は、不信感を完全に拭《ぬぐ》い去ることができるのだろうか。

さけるチーズを、細かくさいて、数本まとめて口に入れる。これもまた、おいしいと思っているわけではない。結局のところ、何だっていいのだ。怒られるにちがいないし、最低だと言われてしまいそうだけれど、瞳のことも、同じなのかもしれない。

彼女を、ものすごく可愛いとか愛《いと》しいとか結婚したいとか、そんなふうには思っていない。ただ、近くにいてくれることに、満足しているし、状況を変えたいとも思わない。それもまた愛情と呼んでしまって構わないものだろうか。

洗濯機を回す音がする。上の部屋だ。俺も洗濯機を回さなければ、と床に散らばったままの洗濯物を見ながら思うけれど、動く気にはなれない。発泡酒とチーズのために、口だけを動かしている。

映画を観ている時、一度だけ、手を瞳の膝《ひざ》の上に伸ばした。瞳は何も言わなかった。ただスクリーンを見つめていた。多分そんなにおもしろいと思ってはいない映画から目も離さずに、座席の腕置き部分から両手を動かすこともなく、俺の手を気にするそぶりも見せずに。

その後すぐ、手を戻した時も、瞳は無反応だった。スクリーンの光が当たって見える横顔は綺麗だった。そういえば初めて会った時から、横顔が好きだと思っていた、ということを、その時久しぶりに思い出していたのだ。映画館を出てからも、お茶を飲んでいる間も、すっかり忘れていたけれど。

上の部屋の洗濯機がさっきよりも大きく音を立てている。発泡酒はもうすぐ空《から》になりそうだ。トイレに行きたいけれど、相変わらず立ち上がる気にはなれない。

横顔を思い出すと、胸が一瞬苦しくなった。ごまかすために、残り少ない発泡酒を口に注ぎこむ。会いたいのか会いたくないのかわからない。別れたいのか別れたくないのかも。きっと瞳に言ったら、そんなのわからないわけないじゃん、と呆《あき》れられるようなことを、俺は本当にわかっていないのだ。

オレンジのチークは、別の男の趣味なのだろうか。だとすると、大した男じゃなさそうだ。そんなことを思ってみても、もちろん、安らかな気持ちになれるはずはないのだった。


さっきまで俺に向けてた唇で今どんなふうに笑っているの

第十七話　本当のことも言えない

巻第十六　雑歌《ぞうか》上　1499

めぐりあひて見しやそれともわかぬまに雲隠れにし夜《よ》はの月影

紫式部《むらさきしきぶ》

［訳］見えたと思ったら、見分けもつかないうちに雲に隠れてしまった夜の月。そのように、久しぶりに出会った人も、その人だとはっきりわからないうちに帰ってしまった。

全然楽しくない、とあたしは思い、直後に、そんなはずないじゃん、と思い直す。楽しくないなんて、絶対にありえない。一緒にいるのは、まぎれもなく、あたしがこの数ヶ月ずうっとずうっと会いたいと願っていた子たちなのだから。

だけど。さっきからずっと続いている麻里香《まりか》の彼氏の話に、あたしはちっとも興味を持てないでいる。背が高くて、中学時代はバスケ部のキャプテンだったけど膝《ひざ》を怪我《けが》したから今はバスケはやってなくって、中学時代の元カノといまだに連絡を取ってそうな怪《あや》しげなところがあって、ちょっと前にブレイクした芸人に顔っていうか雰囲気が似ていて、ギターを買おうかどうか超悩んでる、麻里香の彼。どんな情報が積み重なっていこうと、それらはちっともあたしの気を惹《ひ》かない。トモとふくぴーはどうなんだろう。笑ったり、リアクションしたりしてるけど、表面上の態度だけならあたしだって同じだ。もうこの話はいいよねって二人に確認してみたいけど、そんなのできないし。

あたしは、既《すで》にソフトクリームが溶《と》けかけてしまっているパフェを口に運ぶ。このハンバーグレストランのパフェは、昔からあたしたちのお気に入りだった。白玉が入っていて、値段が安く、何よりもすごくおいしい。だけど、このおいしいパフェを、あたしはいつもよりもおいしく感じられないでいる。パフェの味が変わったからとかじゃない。ハンバーグのせいでお腹がいっぱいだからとかでもない。いつも、ハンバーグを食べた後でも、パフェは軽く食べられた。なんならもう一つ追加できるよね、くらいの感じ。苦しいのはお腹じゃなくて、もっと別のどこか。

「なんか、さっきからあたしばっかり話しちゃってるけど、みんなは好きな人とかいないの？　テニス部とか、かっこいい先輩とかいそうじゃん。……っていうか、女子高だよね、そういえば」

そう言って、麻里香が、あたしの隣で大きく笑い声をあげる。トモとふくぴーも、それにこたえて、そうだよ女子高だよ、なにねぼけてんの、と笑い声をあげる。あたしも少し遅れて笑い声をあげるけれど、それはあげようとしてあげたものだ。高校に進学してからの毎日、クラスでそうやってるみたいに。

「テニス部の練習、マジきついよ。ハンパないよ。中学とはまるっきり違う感じ」

トモが言い、隣でふくぴーが何かのオモチャみたいに激しくうなずく。そのうなずき方がおもしろくて、あたしも麻里香も笑った。

「中学時代はラクだったよねー。篠原《しのはら》優しいし」

「篠原、甘かったもんねー」

あたしが勢いよく続けた言葉が合図のようになって、あたしたちはテニス部の顧問だった篠原先生の話をする。部活内で配っていたプリントにやたらと誤字が多かった話。日曜日の練習にはよくペットボトルのジュースをおごってくれた話。授業中にも三人の子どもの自慢ばかりしていた話。

話しながら、あたしは笑い声をあげる。自分の中から自然発生した笑いだ。篠原先生の話を何時間でも続けられそうな気がした。

だけど、実際にあたしたちが篠原先生の話をしたのは、せいぜい十数分のことで、トモが、今の練習はほんとにきつくて、と言い出したのをきっかけに、話の内容はトモとふくぴーの高校のことにうつっていく。顧問ものすごく厳しいのだという。

「でも、すごくウケるのが、顔もすっごく怖いくせに、好きな食べ物がね、アイス」

トモとふくぴーが笑う。爆笑って言い方が似合う、勢いのある笑い方。アイスって女子じゃん、と突《つ》っ込《こ》みを入れて、麻里香も激しい笑いを加える。なのであたしも、アイスってー、と言いながら笑った。その先生の顔を、ちっとも想像できないまま。

ひとしきり騒いだあとで、話はさらに、トモとふくぴーの部活での練習内容に発展する。友だちや先輩だという、あたしの知らない名前がどんどん二人の口から飛び出す。あたしはうなずきながら、意識がどうしても他のところにずれてしまうのを感じる。空《から》になったパフェグラスとか、濃いピンクに塗《ぬ》られた麻里香の爪《つめ》とか。麻里香が、ベースコート以外のマニキュアを塗ってるところなんて、初めて見たかもしれない。トモが休日にマニキュアを塗っているのを見ても、爪傷みそうで不安——、とか言っていたのに。

「でも、なんだかんだ言って、高校って結構楽しいよね」

話をまとめるみたいに、ふくぴーが言って、あたしは、えっ、と声を出しそうになった。全然そうは思えなかったから。とりあえず、他のみんなのリアクションを待った。だけど出てくるのは、あたしとはまるで違う意見だった。

「だねー。やっぱ、中学より自由な気がするよね」

「わかるわかる。いろんな人がいるって感じだし」

仕方なく、うんうん、とうなずいたけど、本当は別のことを言いたかった。ふくぴー、卒業式で、ずうっとずうっと泣いてたじゃん。ひたすら泣いてたから、あたしまでつられて泣いちゃったんだよ。麻里香だって、冬になってからは毎日、高校超いやだよーって騒いでたじゃん。トモだって、好きな男子に卒業前に告白しようかどうかを悩みまくってて、卒業なんてなきゃいいのに、切ないよ、って半泣きで言ってたじゃん。

まだ、あれから、ちょっとしか経《た》ってないのに。数ヶ月の間に、みんなして、すごく遠い場所に行っちゃった気がする。あたしだけが立ち止まったままだ。

心の中でショックを受けているあたしに、追《お》い討《う》ちをかけるように、ごめんあたしそろそろ抜けるわー、と明るく麻里香が言う。

「もしやこれからデートとか？」

「デートってほどじゃないけど、まあ彼氏と」

「それがデートじゃん。いいなあー」

楽しそうに話す三人に、あたしはもう、うまく相槌《あいづち》を打つこともできない。笑顔をキープするので精一杯だ。

「じゃあ、うちらも解散しよっか」

「え、でも、いいよいいよ。三人は残ればいいじゃん」

「でも、結構話せたし、大丈夫だよね？」

大丈夫ってどういうことなんだろうなと思いながら、ふくぴーとあたしの表情を窺《うかが》うトモに対して、うん、と明るくうなずいた。店内の奥に掛けられた時計は、二時を指している。あたしたちが集まりだしたのは十二時半。ちょうど一時間半を過ごしたことになる。

一時間半といえば、充分長いのかもしれないけど、数ヶ月前のあたしたちは、もっと長い時間話していた。学校でも、誰かの家でもだけど、このハンバーグレストランで五時間過ごしたことだって。うちら、超迷惑だよねって言い合っていたあの頃のあたしたちは、もう知らない誰かみたいだ。あの頃、一時間半なんて、一瞬みたいに感じていた。

これからデートに行く麻里香と、これからテニス用具を見に行くというトモとふくぴーと、お店の前で、手を振って別れた。トモとふくぴーには、よかったら一緒に行こうって誘われたけど、いまや帰宅部のあたしにとって、テニス用具は無縁のものだから、断った。だけど、そういうこととは関係なく、どっちにしても断ってしまっていたかもしれない。

自転車に乗って、帰り道を急ぐ。

このまま帰ったらきっと、お母さんは、ずいぶん早かったね、って驚くと思う。出てくるときに、もしかしたら晩御飯も外で食べてくるかも、と伝えていた。そう思ってたから。実際、数ヶ月前のあたしたちだったら、きっとそうなっていた。

あたしだけが立ち止まってて、あたしだけが取り残されてるって思うのは、あたしだけが間違ってるってことなんだろうか。新しい場所に行ったら、新しい人たちと楽しく過ごさなきゃいけないんだろうか。

もっと、いろんな話をしようと思っていた。卒業式の卒業証書授与のときに、担任がクラスメイトの名前を噛《か》んだこととか。お弁当になったのは嬉《うれ》しいけど、給食にたまに出てたマーボー豆腐だけは、家のとも違うし、時々食べたくなるんだよね、とか。クラスメイトだった子たちの噂話《うわさばなし》とか。

けど、そういうのはどれも過去の話だ。きっと、今の三人には、過去の話なんて必要ないんだ。

話したことを思い浮かべながら、ペダルを踏んでいく。大町南中学の前にさしかかり、あたしは自転車のスピードを緩《ゆる》める。数ヶ月前まで、あたしたちがいた場所。

グラウンドではいくつかの運動部が練習をしている。中にはテニス部もいる。休日なのにー、とか文句を言いながら練習しているのだろう。あたしたちがそうだったように。

自転車を停《と》めた。グラウンドから見えないよう、陰になる場所を選んで、あたしはテニスコートに視線を送る。後輩たちがラリーをしていて、たくさんの声が飛び交《か》っている。ラケットも持たずに、後ろでボール拾いをしているのは、入学したての一年生だろう。遠いから、顔まではよくわからないけれど、すごく幼い感じがする。

あたしは泣きそうになる。こらえたわけじゃないけど、涙は出ない。ただ泣きそうな感覚が続く。あたしたちのいないテニスコート。早く立ち去りたい気持ちも、ずっと見ていたい気持ちも、同じくらい存在してる。

一瞬の再会だった　本当のことも言えないくらいの長さ

❀ 第十八話 ❀ 月はどっちの空に

巻第十六 雑歌上 1537

ながめして過ぎにし方を思ふまに峰より峰に月は移りぬ

入道親王覚性《にゅうどうしんのうかくしょう》

［訳］しみじみと眺めながら、過ぎた昔を思っているうちに時間が経ち、ふと気づけば月は東の峰から西の峰へと移動していた。

「あなたといると、人生がどんどんコントロールできないものになっていくよ」

その言葉は、友田《ともだ》佐恵子《さえこ》が、かつて付き合っていた男性に言われたものだ。

男性とは、結婚して三年が経《た》った頃に知り合った。あのとき佐恵子は生まれて初めて、恋というのはするでも落ちるでもなく、巻き込まれてしまうことがあるものなのだと知った。絶対に避けることのできない、にわか雨のようなものであった。傘がないのだから濡れてしまうのは仕方ないと割り切るクールさや、適当な建物を見つけて逃げ込むような知恵は持たず、ただどしゃ降りの雨の中で呆然《ぼうぜん》と立ち尽くしていた。

ずっと忘れていたはずの言葉を、佐恵子がまた思い出すようになったのは、先日、彼女が四十五歳の誕生日を迎えたからだ。あの無鉄砲で無防備な恋をしていた頃、佐恵子は二十八歳で、男性は四十五歳だった。

当時の佐恵子は、彼の年齢についてまるで理解していなかった。彼女は自分自身がいつか四十五歳になるのも、もちろんわかっていたつもりではあったけれど、あくまでも漠然とした想像でしかなく、当然のことながら実感も伴ってはいなかった。別の国の物語のように感じられていた。

いずれにしても、男性の言葉をいつも、佐恵子は話半分として受け止めていた。まるごと受け止めてしまうのが怖かったからで、自制心によるものであった。ただ、半分と思いながらも、実際はいつも、七割くらいを受け止めてしまっていたかもしれない。そもそも恋愛関係になった時点で、自制心というものは形を成《な》していなかったのだ。

四十五歳の人が、人生をコントロールできない状態になるというのは、当時の佐恵子にはいまひとつ信じられないものがあった。彼は人よりも多く恋愛をしてきたようであったし、忙しく仕事もこなしていて、細かくは語らない家庭にも毎日律儀《りちぎ》に帰っていった。すべて計画通りに動いているように見えた。

コントロールできていないのはわたしのほうだ、と佐恵子は思っていた。嘘も言い訳も下手だった。夫にはっきりと疑いの目を向けられていることを知りながらも、ただただ戸《と》惑《まど》い、どうしていいのかわからずにいた。何もかもが未知で、どうなっていくのか自分でも想像できなかった。翌日が来るのが恐ろしくもあった。


四十五歳の佐恵子の誕生日を、彼女は夫とお祝いした。夫が予約してくれたイタリアンのお店は、新しくできたホテルの最上階にあり、窓から美しい夜景が見えた。ひとつひとつの料理はとても手がこんだもので、パスタには佐恵子の好きなポルチーニが入っていた。ウェイターはワインや料理の説明を、ユーモアを交《まじ》えながら丁寧《ていねい》にしてくれた。

「こんな完璧《かんぺき》な誕生日が過ごせるとは思わなかったわ」

「それは皮肉なのか」

「違う、感謝よ。ありがとう」

そう言いながらも、皮肉も確かに多少は混じっているのかもしれない、と佐恵子は考えた。お互いの誕生日に外食をすることは、いつからか慣習となっていたが、どちらの誕生日にも、佐恵子が店を調べて予約することが常だった。お互いにプレゼントを贈りあうことなどはしない。それも慣習となっていた。

夜景を見ていた佐恵子は、高層ビルの屋上には、必ず赤いランプが付けられていることに気づいた。その存在理由を疑問に思いながらも、夫には尋《たず》ねなかった。赤いランプは、点灯しつづけているものも点滅しているものもあって、点滅も建物ごとにリズムが異なるようであった。街全体が何かメッセージを伝えようとしているみたいだ、と思った。

空には細い月も浮かんでいた。雲に見え隠れしている。

「結婚二十周年だし」

食後のコーヒーを飲んでいるとき、夫はまるで言い訳する子どものように早口でそう言った。結婚二十周年だから、今回は夫がお店を予約したのだ、という意味らしかった。

「おぼえてたの」

驚きながら佐恵子は言った。夫が結婚した年をはっきり記憶しているとは思ってもいなかった。夫は、どこかバツの悪い顔をしながら、まあ、と頷《うなず》く。悪いことをしているわけではないのに、と思い、佐恵子はおかしくなった。

再び夜景に目をやりながら、けれど佐恵子が思い出していたのは、夫ではなくてかつての恋人のことだった。四十五歳という年齢のせいもあるし、彼とよく一緒に月を見たことも関係しているに違いなかった。

今ならもっと別の話ができるのに、と佐恵子は思う。揺るがない完璧なものに見える日常が、ほんの些細《ささい》なきっかけで崩《くず》れてしまうことを、今の佐恵子は知っている。年齢を重ねたからといって、自覚も自信もその分勝手に身についていくわけではないことも。余裕があるように見せるのがうまくなるだけで、実際に余裕を持っているわけではないのだ。

レストランから戻った佐恵子たちは、入浴を済ませ、セックスをした。とても久しぶりだったが、特に懐《なつ》かしさや感傷がこみあげるというわけでもない、静かな行為だった。いびきを立てて眠る夫の隣で、佐恵子はその日、寝つけずにいた。

慣れないアルコールを取りすぎたせいかもしれない、と反省する。眠気や疲労は感じるのに、頭のどこかが妙に冴えている感覚がある。目を閉じても、今日起きたことや思ったことが脳内でグルグルと回り始め、けっして休もうとはしない。

今まで十年以上、一度も思い出さずにいた、かつての恋人の顔や声が次々と浮かんでくる。水の底から出る泡《あわ》のように。

恋人はいつか、一緒に逃げても構わないよ、と言った。自分がどんなふうに答えたのかを、佐恵子は思い出せない。逃げるなんて大げさすぎる、と流したような気もする。少なくとも、恋人が、逃げるなんて言葉を使ったことはその後なかった。

逃げたいけれど、そうはできないだろう自分の弱さを知っている程度には、佐恵子は自分を大人だと思っていた。そもそも本当の大人は、自分を大人だとは思ったりしないものだというのは、もっと後になって気づいた。

眠りは佐恵子を包みそうにない。あきらめながら目を開けると、暗闇の中に、見慣れたライトの形がぼうっと浮かんでくる。夫のいびきは、不規則なリズムを刻む。

不思議だ、と佐恵子は思った。かつての恋人をこんなに思い出すことではなく、こうして夫が隣に眠っていることを。逃げようと恋人が言い出したことよりも、自分がその手を取らなかったことが。逃げずにここに残ったことが。

もしもかつての恋人と、彼が言うように本当に逃げていたなら、わたしは四十五歳の誕生日をどんなふうに迎えていたのだろう、と想像してみる。かつての恋人はもう六十二歳だ。二十八歳のときに四十五歳について思うよりも、四十五歳の今、六十二歳について思うほうが、ずっと近しい感じがするけれど、実際に自分が六十二歳になったときには、何もわかっていなかった、と思うのだろうか。いつかの自分をそう思ったように。

佐恵子は、音を立てないように上半身をそっと起こし、いびきを立てる夫を覗《のぞ》きこんだ。ぼんやりとだが、こんなふうに夫の表情をまじまじと見るのは、いつ以来だろうか、と佐恵子は考えてみる。答えはわかりそうになかった。

眠る夫の顔は、以前より、目尻などに皺《しわ》が増えたようだ。もっともそれはお互い様だということくらいは佐恵子にもわかっている。年月を重ねてきたのだから当然だ。

そのまま夫を見ながら、ふと、夫は今日の店をどこで知ったのだろう、と疑問が浮かんだ。多分二十八歳の頃ならば、そのまま口にしただろう疑問を、四十五歳の今は内に秘めておく。そんなことはさしたる問題ではないのだ、きっと。

いま月はどっちの空にあるだろう　思い出すのは過ぎたことだけ

❁ 第十九話 ❁ どんな景色を見ているの

巻第十七 雑歌中 1589

山城の石田《いわた》の小野の柞原《ははそはら》見つつや君が山路越ゆらむ

式部卿宇合《しきぶきょうのうまかい》［藤原宇合《ふじわらのうまかい》］

［訳］山城の国の石田の楢《なら》や櫟《くぬぎ》の生えている原を見ながら、今頃あの人は、山道を越えているのだろうか。

よかったね、おめでとうって笑顔で言ったけど、ほんとは嬉《うれ》しさより寂《さび》しさのほうがずっと上回っていた。春奈《はるな》がそれに気づかずに、ありがとう、と無邪気《むじゃき》に笑顔を浮かべていたことにも、安心と同時にちょっとだけ暗い気持ちがさしこむ。最初に知らせてくれたのがわたしだということに、もっと喜びたかったけれど、喪失感《そうしつかん》は、見て見ぬふりをするのには、あまりに大きすぎた。

留学はずっと、少なくともわたしと出会った頃には既《すで》に、春奈の大きな目標だった。出会って数日後にはもう、その夢を聞かされていた。そのためにバイトを頑張ってお金を貯めたいということや、時間を見つけては英語を勉強しているのだということなんかも。そのとき一緒にいた、春奈と同じ高校出身の子は、春奈がセンター試験の英語科目で満点をとったということを明かした。なので、それ以上勉強する必要はないんじゃないかと言うと、思いきり首を横に振った。全然足りないよ、と言いながら。

わたしたちはPCNで知り合った。まるで企業やメーカーのようなその名前の団体は、希望者を募《つの》って映画を見に行ったり、博物館に行ったり、美術館に行ったりする、気軽なサークルだった。PCNというのはピクニックの略であり、飲み会のときに先輩たちがクジで決めた名前であることは、入ってから知らされた。去年サークルとして認定されたばかりだということもあり、総勢でも二十名に足りない、小さな団体だ。

わたしも春奈も、それぞれ同じ高校の友人と一緒に入ったのだけれど、互いの友人とも、入ってわりとすぐに、掛け持ちする他のサークル活動に忙しくなり、ＰＣＮとは遠ざかっていった。立場が似ていたせいか、わたしと春奈はいつしか、お昼を一緒に食べることが多くなっていった。二人の部屋が近かったことも関係しているかもしれない。わたしも春奈も、学校の近くのアパートで一人暮らしをしていたのだけれど、歩いて十分くらいの距離だった。

話すことや話したいことは、次から次へと、際限なくあふれ出てきた。高校時代のこと、地元のこと、一人暮らしのこと、恋愛のこと、サークルのこと、授業のこと、バイトのこと。わたしたちが、学校やサークルとは無関係な場所で会うようになるのに、さほど時間はかからなかった。お互いの部屋やカラオケやカフェで、たくさんの言葉を交《か》わした。人生ではじめてのスポーツバーや、人生ではじめてのクラブを経験するとき、隣にはいつも春奈がいた。わたしは春奈と一緒なら、どこにでも行けるような、なんだってできるような気分になっていた。

わたしたちはいつのまにか、どんどん似た存在になっていった。多くの時間を共有し、音楽や本や服を一緒に買いに行ったり、貸し合ったりするうちに、わたしは春奈に、春奈はわたしに、少しずつ似てきていた。

「友だちっていうより、姉妹みたいだよね」

ＰＣＮの先輩たちが、わたしたちによくそんなことを言った。そのたびに笑うタイミングやトーンまで、ほとんど同じだった。同じことに笑い合った。相手の悲しみや苦しさは、自分のそれとまるで変わりなかった。

けれど、絶対に共有できないものというのはあって、留学はその大きな一つだった。春奈が留学について語るたび、わたしは疎外感をおぼえていた。英語も得意ではないし、海外生活に憧れたこともないわたしにとって、春奈が話す留学の魅力は、遥《はる》か遠いものとしてしか、感じることができなかった。

春奈は友人に紹介してもらったという外国人から、英会話のレッスンを受けていた。ナンシーという名前の彼女の話を、春奈からよく聞いた。昨日、ナンシーとこういう話をして、と切り出す春奈の話は、たいていが笑い話であったにもかかわらず、聞くわたしの心には、いつも笑い以外の感情が沈殿していった。英会話の課題を理由に、食事や遊びの誘いを断られると、嫉妬《しっと》した。バイトや、他の友人と会う予定があるからと断られるときよりも、ずっと強い思いを、隠すのに必死だった。

春奈の留学は、わたしの敵だった。彼女が大切に思うものを、同じように大切に思えない、それどころか遠ざけたがっている自分は、みっともなくて、情けなかった。だからこそ、必死に隠しつづけたのだ。こんなにいやな自分を、春奈には、春奈にだけは、知られたくないと思っていた。

春奈がイギリス留学のための試験に合格したのは、二年生になってからすぐのことで、以来わたしたちの会話の内容は、それが中心となっていった。別の話をしていても、いつのまにか話は留学へと引っ張られていってしまう。遊びに行く場所も、一緒に食べるごはんも、イギリスにはないもの、という基準で選ぶようになっていった。少しでもお金を貯めたいし、引っ越し前に余分な荷物を増やせないということで、春奈は余計な買い物を控えていて、一緒に行く買い物も、前ほど楽しくはなかった。夜遊びも、ずっと減った。

春奈がイギリスに出発する三日前、彼女はうちに泊まりにやってきた。夕食は、春奈のリクエストで、わたしの作るお好み焼きになった。お好み焼きは、少しこげてしまったけれど、春奈は、おいしいー、と大げさな声をあげて、嬉しそうに食べてくれた。けれど、イギリスにも送ってね、と冗談めかした彼女の言葉を、わたしは笑ったり茶化したりすることができなかった。

目の前にいるのは、大学に入ってから、ずっと仲良くしていた、いつもの春奈なのに、わたしは彼女の顔をまともに見ることができずにいた。話し方も、話す内容も、特別変わってしまったわけじゃないのに、距離感が違った。二人の間に、透明なゼリーみたいなものがあって、近づこうとしても柔らかく弾《はじ》かれるような、そんな感じだった。けれど本当は、そんなものはどこにもなくて、ただわたしの問題なのだということも、わかってはいた。

わたしがベッドで、春奈が布団。いつも泊まるときにはそうしていたように、その日もわたしたちはそうやって眠ることにした。明かりを消しても、薄いカーテン越しに、少しだけ外の光が入ってくる。わたしは白い天井を見ていた。

「なんか、久しぶりだね」

明かりを消してから、数十分経《た》ったころだろうか。あるいは十数分だったかもしれない。春奈がそう言ったとき、わたしは少し驚いた。春奈はひどく眠そうな様子だったし、すぐに眠りについたものと思っていたから。

「ほんとだね」

わたしは答えた。暗い部屋で、横になって聞く自分の声は、まるで自分の声じゃないみたいだと思いながら。

実際、春奈がうちに来るのは、久しぶりのことだった。春奈は数日前まで、実家に帰っ

ていた。なかなか会えなくなるし、親孝行しておかなきゃね、と帰省《きせい》前に春奈は言ってい
た。家族旅行などを楽しんだということは、さっき彼女自身の口から、食事のときにも聞
いていた話だった。
「まだ実感わかないんだよね」
春奈は言った。わたしは、なんて答えていいのかわからなくて黙っていた。言葉は続い
た。
「もう来週にはイギリスにいるんだなー、ってわかってるけど、全然想像できないし、い
まだに信じられない感じがするよ。この部屋にもしばらく来られなくなるけど、そういう
のも嘘みたい」
「嘘だったらいいのに」
わたしは言った。わたしじゃない、別の誰かが言ってるのを、どこかでわたしが聞いて
いる気がしたけれど、でも確かに言葉は、わたしの口から、わたしの声で、形になってい
た。え、と笑うような、不思議そうな声を春奈が出す。
「わたし、ほんとは、イギリスなんて行ってほしくない」
何を言っているんだろう、と思う自分と、言葉を止めずにいる自分がいた。ベッドに横
たわっている自分とも、さらに別の。

「春奈とずっと一緒にいたいし、いつもみたいにくだらない話したり、出かけたりする毎日がいい。イギリスは遠すぎるよ。ほんとはずっと寂しかった。夢なのはわかってるけど、それでも寂しいし、心から祝ってあげられてなかった。わたし、ほんとは」

途中から、涙が出てきた。気持ちとはまるで関係のないところで、勝手に飛び出した感じだった。鼓動《こどう》が速くなる。鼻水が流れ出す。今自分が口にしたことの意味が、ゆっくり体に伝わっていく。春奈はしばらく黙っていた。わたしは、ごめんなさい、と言った。なんの足《た》しにもならない謝罪だ、と思うと、一気に後悔が押し寄せた。

けれど、春奈の口から出たのは、意外な言葉だった。

「ありがとう」

え、とわたしは言った。涙ぐんだ声のままで。

「そんなふうに言ってもらえて嬉しいよ。わたしも、寂しい」

寂しい、という単語を、確かめるみたいに、探るみたいに、区切りながら春奈は言った。それから、彼女は泣き出した。

一緒に食べたもの。一緒に見たもの。一緒に感じたもの。わたしにも、きっと春奈にも、数え切れない思い出が近づいてきて、ぐるぐると回り始める。軽いいさかいまで含めて、どれも愛《いと》しく、あたたかな思い出。わたしと春奈の思い出だ。

わたしたちは泣き、いつのまにか眠っていた。

飛行機が飛んでいる。大きく見えるけれど、きっとわたしが思うよりも、ずっとずっと遠く、高い場所を飛んでいるのだ。

空港には行かなかった。そのほうがいいような気がしたし、春奈もそれを望んではいなかった。両親と妹に見送られて、春奈はイギリスに向かったはずだ。

春奈が乗っているわけではないとわかっていたけれど、わたしはそのまま、小さくなる飛行機を見つめた。残される飛行機雲は、青空の中で、ひどく美しかった。

イギリスに着いたらメールするね、と春奈は言った。そこにはどんなことが書かれているのだろう。そしてわたしは、どんな返信をするのだろう。わたしは思わず、小さな笑みをこぼす。

今あなたはどんな景色を見ているの　はるか遠くに向かう途中で

❁ 第二十話 ❁ 誰かが言ってくれたなら

巻第十八 雑歌下 1690

足引《あしひき》のこなたかなたに道はあれど都へいざといふ人ぞなき

菅贈太政大臣《かんぞうだいじょうだいじん》［菅原道真《すがわらのみちざね》］

［訳］山のこちら側にもあちら側にも道はあるが、「さあ、都へ行きましょう」とわたしに言ってくれる人は誰もいない。

中谷《なかたに》にとって、入社直後の研修期間は、とても楽しいものだった。会社員となったものの、毎日同期入社の人たちと、上司や先輩の話を聞いたり、与えられた課題に基づいてパソコン操作に慣れる日々を、大学生活の延長のようにさえ感じられていた。

過ぎ去った大学生活もまた、彼にとって楽しいものであったのだ。さらにいうと、高校、中学、小学校までさかのぼったとしても、彼の生活は華やかで楽しさに満ちたものだった。もちろん、友人との喧嘩《けんか》や、根拠のない噂話《うわさばなし》、失恋など、傷ついたり悩んだりすることは人並みにあった。けれどそのいずれのつらさも、この境遇に比べれば恵まれたものであったと、今、彼は思う。

まだ荷ほどきの終わっていない、段ボールに囲まれた部屋の中で、中谷は、今日何度目になるかわからないため息をついた。それすらももう、無意識であった。部屋の窓にはカーテンも付いておらず、早いうちに調達する必要があるのだが、彼の意識はそんなところにはない。

研修が終わった八月末に、ホワイトボードに数枚の紙が貼《は》り出された。新入社員それぞれの、異動先を知らせるものである。

中谷の勤める会社は、全国に支社があるものの、中心となっているのは、東京の本社と支社であり、人数も他の支社に比べ桁違《けたちが》いに多い。なので、新入社員の大多数は、本社での研修を終えたあとも、東京に残ることとなる。また、他の支社も、おもに関東圏に存在するため、引っ越しを伴うほどの異動はほとんどない。

中谷は、まさか自分が、数少ないほうの新入社員となるとは、考えてもいなかった。同期入社の仲間たちと、冗談半分で、揃《そろ》って飛ばされたりしてなー、なんて言い合ったことは記憶にあったけれど、それが当てはまるような事態なんて、ただの一度も本気で想像してはいなかった。

彼の新しい勤務地となったのは、東京から飛行機で一時間半ほどかかる都市で、その市のみならず、その県に訪れた経験もないような場所であった。白地図を出されて、その県はどこかと聞かれても、中谷は返答に詰まるだろう。名産や名所も一つ二つしか思い浮かばず、その県出身の友人もいなかった。もちろんそこに住んでいる知人もいない。完全に未知の場所だった。

そもそも彼は、東京に生まれ育ち、それ以外の土地に住んだことはない。父親もまた、東京出身である。母親は別の県の出身であるが、彼が母親の郷里を訪れたことは、幼い頃に数度きりで、祖父母が亡くなってからは、その機会も失われていた。最後に訪れたのは中学生のときだ。葬儀《そうぎ》のためだった。

母親の郷里に行くのは、きまって夏休みだった。数日を過ごすのだが、そこでの日々は、退屈と恐怖でしかなかった。祖父母や両親に、虫捕りや釣りを薦《すす》められるものの、まるで興味を抱けず、持参した携帯ゲーム機と向き合って過ごした。恐怖というのは、祖父母の家のつくりが古かったことにある。畳《たたみ》にも、古いお風呂の床の感触にも、馴染《なじ》むことができなかった。夜中にトイレに行きたくて目覚めてしまったときには、隣で眠る父親か母親を起こして、無理やり付き添わせた。可愛がってくれる祖父母のことは好きだったけれど、家や環境を好きになることはできなかった。

段ボールを開けながら、中谷は何に対してかわからない怒りを抱く。働き出したら、一人暮らしをしたいという気持ちはあったけれど、まさかこんな形になろうとは思ってもいなかった。一人暮らしができる喜びは、絶望に比べて、あまりにも小さかった。

一旦《いったん》整理を止めて、トイレに立ち、戻ってきてから電話をかけた。呼び出し音が数回鳴り、相手が出る。もしもし。聞こえてきたのは、すっかり耳に馴染んでいる声だった。

「俺だけど。今大丈夫」

「うん、大丈夫。もう着いたんだね」

気のない声だな、と中谷は思い、不安になる。彼女の気をひこうと、中谷は話をしてみる。母親がきゅうりの漬物《つけもの》を持たせようとするから断ったこと、到着した空港がやけにボロくて、入っているお店も羽田空港に比べてぐんと少なかったこと、家から会社までのバスの本数が少なく、車を買わなくてはいけないのではないかと不安になったことなど。若《じゃっ》干《かん》大げさに、楽しそうに話してみるそれらに、けれど彼女は、さして興味を示さなかった。ところどころ相槌《あいづち》を挟《はさ》むし、たまに小さく笑い声を立てたりするものの、そうしなければいけないからそうしている、という感じだった。

一通り話を終えると、話す前よりもむしろ、彼の中の不安は増していた。彼女が自分に関心を持っているようには思えなかったからだ。それで、話を彼女のほうに向けようと、質問した。

「そっちはどうなの」

「どうって、普通だよ。わたしはそんなに変わらないし」

やはり気持ちのこもらない、薄いトーンの声だった。そっか、と彼が言い、うん、と彼女が言った。少しの間、沈黙があった。沈黙をより重く感じたのは、彼のほうだった。電話口の沈黙は、会っているときの沈黙よりも、ずっと暗くへビーだ。

「じゃあ、片付けの続きするかなー」

わざと張り切った口調で言うと、別れの挨拶《あいさつ》を交わし、電話を切った。彼が切ボタンを押すよりも、彼の耳に、ツー、という電話が切られた音が飛び込んでくるのが先だった。

中谷はまた、無意識のため息をつく。ひときわ大きいため息を。

中谷と彼女が付き合いだしたのは、三ヶ月前のことだ。会社の同期である彼女は、東京の支社に配属が決まった。三ヶ月前なんて、つい最近のことであるはずなのに、彼女の態度は、もう付き合って数年が経《た》った恋人のようだと彼は思う。二日前に会ったときにも、彼が戸惑《とまど》うほど、そっけなかった。

彼女は自分と付き合っていることを後悔しているのではないだろうか、と中谷は考えている。きっと、毎日一緒に過ごすことで、中学生や高校生の気分にでもなって、勢いで付き合うことを決めたのだろう、と。自分の想像が当たっていないことを、中谷は願っているが、きっと正解だろうとも確信している。

ただ、その態度の変化に関してでさえ、この配属が関係していることは間違いない。中谷の勤務地が決まってから、二人のバランスは変わってしまった。

付き合ってから、よく、他の同期の人たちともするように、異動について話をした。彼女は、遠距離恋愛になったら大変だよね、わたしには絶対無理だと思う、というようなことを言っていた。彼も同意見だった。ただし、そうして話しているときは、異動はあくまでも想像でしかなかった。一週間毎日同じメニューしか食べられないとしたら何を選ぶか、とか、無人島で生活することになったら何を持っていくべきか、とか、そんな他愛《たあい》ない話題と同じライン上にあるものだった。

実際の中谷の配属を知ったとき、彼女がどんなふうに振る舞っていたか、正直に言うと彼はきちんと記憶していない。なぜなら自分自身のショックが大きく、それどころではなかったからだ。事態を受け入れるのに数日かかり、その間に何度も、退職すら考えた。家族にも相談した。

すんなりではないが、ようやく自分の状況を把握《はあく》し、覚悟を決めた頃にはもう、彼女の態度は変わってしまっていた。彼の前での、口数も、笑うことも、以前よりぐんと少なくなっていた。それでいて、彼がそのことについて訊《たず》ねてみても、別に何も変わってないよ、と答えるのだった。

引っ越しの片付けを再開した中谷だったが、すぐにその手は止まった。今自分がいる部屋を見渡す。一人では充分すぎるほど広く、大きな傷や汚れもない。借り上げ社宅なので、家賃もとても安い。が、嬉《うれ》しさは心のどこを探しても見つからなかった。この部屋に、自分以外の誰かがやってくることなんて、ありえないことのような気がした。この部屋に満ちていくのは、寂《さび》しさや絶望だけだと思った。

さっき通話を終えて、床に置いたままにしている携帯電話を見る。鳴り出す気配はない。鳴ったところで、何のなぐさめにもならない。たとえばたった今、学生時代の友人から、飲み会の誘いが来ようとも、自分は絶対に参加できないのだ。

彼は立ち上がり、窓から外を見た。三階から見る景色は、実家から見る景色とは、似ても似つかないものだった。どっちの方角が東京だろう、と中谷は思う。たくさんの道があって、どこかは東京につながっているのだ。けれど、だからなんだというのだろう。空港に行き、飛行機に乗れば、東京に着くとはわかっている。ただし必要なのは、そんな一時しのぎのものじゃない。

鳥の群れが空を飛んでいる。鳥になりたいとは思わなかった。ただ、出てきたばかりの東京がひどく懐《なつ》かしくて、恋しかった。東京に、帰りたかった。

帰ろうと誰かが言ってくれたなら荷物ごと投げ出して走るよ

「新古今和歌集」作者紹介

八条院高倉〔はちじょういんのたかくら〕
一一七六（安元二年）以前?〜?。新古今後期を代表する女流歌人の一人。鳥羽天皇によって、その才能を見出された。一説に、高松院（鳥羽天皇の皇女・二条天皇の中宮）が澄憲と密通して生まれた子供との説も。

素性法師〔そせいほうし〕
生没年不詳。平安前期から中期の歌人・僧侶。三十六歌仙の一人。六歌仙および三十六歌仙の一人である父の遍昭とともに活躍。そろって百人一首に名前を連ねる。

女御徽子女王（斎宮女御）〔にょうごきし(よしこ)じょおう／いつきのみやにょうご〕
九二九（延長七年）〜九八五（寛和元年）。平安中期の皇族、歌人。三十六歌仙および女房三十六歌仙の一人。和歌と琴の天分は名高く、ことに七弦琴の名手であったといわれる。村上天皇と多くの相聞歌（恋歌）を交わした。

寂蓮法師〔じゃくれんほうし〕
一一三九（保延五年）?〜一二〇二（建仁二年）。平安後期・鎌倉初期の歌人、僧侶。叔父・藤原俊成の養子になったが、その後、俊成に定家が生まれ、出家する。「新古今和歌集」の撰者に選ばれたが、完成前に亡くなった。書家としても名高い。

曾禰好忠〔そねのよしただ〕
生没年不詳。平安中期の歌人。当時としては和歌の新しい形式である「百首歌」を創始。ひねくれた性格で知られ、貴族社会からは嫌われることが多く「今昔物語」（巻二十八の三）にもそのエピソードがある。

西行法師〔さいぎょうほうし〕
一一一八（元永元年）〜一一九〇（文治六年）。平安末期から鎌倉初期の武士・僧侶・歌人。二三歳で出家し、草庵に住み、また各地の歌枕を行脚して歌を詠んだ。ただし歌壇とは距離を置き、当時さかんに行われた歌合にも参席した記録がない。

和泉式部〔いずみしきぶ〕
生没年不詳。平安中期の女流歌人。名実共に王朝時代随一の女流歌人。数々の男性との華麗な恋愛遍歴も含めて名を馳せた。情熱的な恋歌など、その才能は王朝歌人の一、二を争う。

上東門院（藤原彰子）〔じょうとうもんいん／ふじわらのしょうし〕
九八八（永延二年）〜一〇七四（承保元年）。平安後期の一条天皇中宮。藤原道長の娘。後一条・後朱雀天皇の母。紫式部・和泉式部・赤染衛門・伊勢大輔などを従え、華麗な文芸サロンを形成した。

藤原定家朝臣（藤原定家）〔ふじわらのさだいえのあそん／ふじわらのていか〕
一一六二（応保二年）〜一二四一（仁治二年）。鎌倉初期の公家・歌人。父・俊成のあとを継いで歌壇の指導者として活躍。「新古今和歌集」の撰者の一人。「小倉百人一首」は定家が選んだものといわれている。古典の研究者としても優れていた。

式子内親王〔しょくしないしんのう(しきしないしんのう)〕
一一四九（久安五年）〜一二〇一（建仁元年）。平安末期の皇族・歌人。「新古今和歌集」の代表的な女流歌人。藤原俊成の

指導で和歌を学ぶ。独身を通した生涯や恋愛について様々な憶測がある。能「定家」に、定家との激しい恋の話がある。

清輔朝臣（藤原清輔）〔きよすけのあそん／ふじわらのきよすけ〕
一一〇四（長治元年）～一一七七（治承元年）。平安後期の歌人、歌学者。平安時代の歌学の大成者とされる。父・顕輔が「詞花和歌集」の撰者となり、その補助にあたったが対立し、意見は採用されなかった。多くの著作を残している。

皇太后宮大夫俊成（藤原俊成）
〔こうたいごうぐうだいぶとしなり／ふじわらのしゅんぜい〕
一一一四（永久二年）～一二〇四（元久元年）。平安後期・鎌倉初期の歌人。勅撰集「千載和歌集」の撰者。歌学者でもあり、のちに定家らの新古今歌風を開花させ、保守派の歌道師範家・六条家を圧倒する。最晩年まで歌を詠みつづけた。

謙徳公（藤原伊尹）〔けんとくこう／ふじわらのこれただ（これまさ）〕
九二四（延長二年）～九七二（天禄三年）。平安中期の公卿、歌人。容姿端麗で才能にあふれ、非常に贅沢で派手なものを好んだといわれている。摂政・太政大臣にまでなったが、若くして病死した。「後撰和歌集」撰者の一人。

廉義公（藤原頼忠）〔れんぎこう／ふじわらのよりただ〕
九二四（延長二年）～九八九（永祚元年）。平安中期の公卿。参内時には常に礼服である布袴を身につける謹直な人柄であった。のちに太政大臣にまでなり、円融・花山両朝でも関白をつとめたが、天皇との外戚関係ができず、不遇だった。

業平朝臣（在原業平）〔なりひらのあそん／ありわらのなりひら〕
八二五（天長二年）～八八〇（元慶四年）。平安初期の貴族・歌人。六歌仙・三十六歌仙の一人。「伊勢物語」の主人公とされているほか、美男の代名詞として語られている。恋愛にまつわる噂も絶えなかった。

紫式部〔むらさきしきぶ〕
生没年不詳。平安中期の作家・歌人。「源氏物語」の作者と考えられている。才女としての逸話が多いが、本名や婚姻関係など、現在でも謎とされている部分が多い。本書収録の歌は「小倉百人一首」にも収録。

入道親王覚性〔にゅうどうしんのうかくしょう〕
一一二九（大治四年）～一一六九（嘉応元年）。平安後期の皇族・僧侶・歌人。仁和寺・法勝寺などの検校をつとめる。修法の聞こえが高かった。「平家物語」においては旺盛な一面もあらわされている。

式部卿宇合（藤原宇合）
〔しきぶきょうのうまかい／ふじわらのうまかい〕
六九四（持統天皇八年）～七三七（天平九年）。奈良前期の公卿。遣唐使の副使として入唐もはたしている。参議・式部卿として、西海道節度使となったときの詩が「懐風藻」に残されている。

菅贈太政大臣（菅原道真）
〔かんぞうだいじょうだいじん／すがわらのみちざね〕
八四五（承和一二年）～九〇三（延喜三年）。平安前期の貴族・学者・漢詩人・政治家。要職を歴任し昇進を続けるも、大宰府に左遷される。幼い頃より詩歌の才を見出されていた。現在は学問の神として有名。

あとがき

新古今和歌集の短歌に、物語と自分の短歌を付けたいと言ったのは、まぎれもなくいつかのわたしだったのですが、実際に執筆にとりかかり、その難しさに何度も発言を後悔してしまいました。それでも投げ出さずに続けられたのは、周囲の方々の励ましと、なによりも新古今和歌集そのものの力のおかげだと思っています。

大学のゼミで新古今和歌集の歌に触れたとき、驚いたのは思いの変わらなさです。技巧が凝らされたものが多く、必ずしも言いたいことをストレートに書いたものではないと知っていますが、それでもわかると言いたくなることしきりです。この歌の男の人って、あの子の彼じゃないの？　などと思うこともありました。数百年、歌によっては千年以上昔のものだというのに、はるかな時間を軽々と飛び越えて、歌がまっすぐ胸に飛び込み、響くことばかりでした。

新古今和歌集には、主に使わせていただいた恋歌以外にも、季節の歌や離別歌など、幅広いテーマで、約二千首の歌がおさめられています。本書で取り上げたのはごくごく一部にすぎません。氷山の一角どころか、氷のかけらくらいです。

念のために記しておくと、本書での物語はもちろん、付けた短歌訳も、絶対の正解ではありません。短歌は千人の読者がいれば千の解釈があるものだと思いますし、それが魅力だとも感じます。

わたしが感じた、新古今和歌集、ひいては短歌そのものに対する魅力が、わずかでも伝わるように祈りながら、物語を紡ぎました。

また、本書の執筆に関しては、訳注・久保田淳『新古今和歌集 上・下』(角川ソフィア文庫)、校注・田中裕、赤瀬信吾『新古今和歌集(新 日本古典文学大系)』(岩波書店)、峯村文人『新編日本古典文学全集43 新古今和歌集』(小学館)を参考にさせていただきました。この場を借りてお礼申し上げます。

さらに、担当編集の高木れい子さん、きっかけをつくってくださった丹場博昭さん、表紙イラストを手がけてくださったおかざき真里さん、装幀を手がけてくださった名久井直子さんに心よりお礼申し上げます。

そして何より読んでくださったみなさんに。本当にありがとうございます。

ささやかな言葉や声が重なって無限の物語になっていく

二〇一一年十月

加藤千恵

加藤千恵
KATO CHIE
★
一九八三年北海道生まれ。歌人、作家。

二〇〇一年、歌集『ハッピーアイスクリーム』で高校生の時に、デビューする。

現在は、小説、エッセイなど様々な分野で活躍する。

主な著書に歌集『たぶん絶対』、小説『ハニー　ビター　ハニー』『誕生日のできごと』『さよならの余熱』『真夜中の果物《フルーツ》』などがある。

初出／第七、十一、十二話……『文藝』二〇一一年秋号
その他は書き下ろし

あかねさす
新古今恋物語《しんこきんこいものがたり》

★

二〇一一年一〇月二〇日　初版印刷
二〇一一年一〇月三〇日　初版発行

著者★加藤千恵
装幀・AD★名久井直子
装画★おかざき真里

発行者★小野寺優
発行所★株式会社河出書房新社
東京都渋谷区千駄ヶ谷二-三二-二
電話★〇三-三四〇四-一二〇一［営業］〇三-三四〇四-八六一一［編集］
http://www.kawade.co.jp/

組版★株式会社キャップス
印刷★株式会社暁印刷
製本★小高製本工業株式会社

Printed in Japan

ISBN978-4-309-02068-6